JN163224

賢治詩の世界へ

三上満

新日本出版社

遺著に寄せて

小森陽一

三上満さんとはじめてお会いしたのは、私たちの家族が、一九六五年晩秋に、父（小森良夫）の勤務していた世界労働組合連盟本部のあった、チェコスロヴァキア（当時）の首都プラハから帰国してまもなくの頃でした。家が東京の文京区だったので、私や妹の学校のことで母親（詩人・小森香子）が、私たちを連れて何度か都教組文京支部の事務所に相談に行ったあたりから、色々な意味で家族全員が満さんのお世話になってきました（私たちはいつも満《まん》さんと呼んできましたし、大人になってからも満さんは人前でも平気で私のことを「ヨウちゃん」と呼んでくださったので、この呼び名を使います）。

その頃満さんは文京区立第一中学校の先生で、私は一九六六年から文京区立第七中学校に通っていました。「満さん」を知っていると言うと、周囲の先生たちと、自然と信頼関係が結ばれました。東京都立竹早高校に入ってからは、高校紛争のただ中で満さんの教え子たちと固い結びつきがありました。学校側との交渉で困ると、誰かが満さんのところへ相談に行ってくれて、打開策を見つけていきました。

私が北海道大学へ進学して東京を離れていた一九七二年、五歳年下の妹まどかが、文京七中の二年生のとき、原水爆禁止を訴えるデモ行進を、中学生としてやりたい、それに向けて折り鶴を学校の仲間たちと一緒に作って参加しようという呼びかけをしたところ、校長先生に禁止されたので、学校の玄関にある公衆電話から都教組文京支部の書記長だった満さんに電話をしたそうです。その後のいきさつの詳細を私は知りませんが、妹たちはたくさんの折り鶴をなびかせて、デモ行進を成功させたようです。

「満さんへの電話一本で……」というこの出来事は、しばらくわが家の語りぐさになっていました。その翌年満さんは葛飾区立大道中学校に転任し、ここでの教育実践が〝金八先生〟のモデルとされることになったのです。

まどかは、一九八〇年に登山中の滑落事故により二二歳で命を終えました。宮澤賢治の妹トシへの思いは、それ以来、私自身の胸に強く刻まれつづけてきました。まどかと私は、プラハにいるとき、賢治の弟の清六《せいろく》さんが朗読する詩や童話に、耳をすましつづけていました。今はその存在を知っている人も少ないソノ・シート（安価で大量生産できる塩化ビニール製レコード）で、私たちはそれがすり切れるほど、何度も何度も聴いていたのです。だから私たち兄妹の宮澤賢治文学は、花巻語で記憶に刻まれていたわけです。

私たち兄妹が最も好きだった詩の一つは、「高原」でした。何度も二人で大声で謡《うた》っていました。大きく息を吸って、吼《ほ》えるように「海だべがど　おら　おもたれば」の〇の音に力をこめる。「やっぱり光る」を、満面の笑顔でとても嬉しそうに発音し、そして舌で太鼓を敲《たた》くように「山だたぢゃい」と言い切る。そして大きく息を吸って裏声で「ホウ」と叫び、ゆっくりと「髪毛《かみけ》　風吹けば」とつづけ、やはり太鼓のように「鹿踊《しし》りだぢゃい」と結ぶ。

この詩について満さんは、高校二年で読んで「ああ、詩とはこういうものかと」心を強くうごかされたと書かれています。そしてここに満さんは詩の真髄を見いだしているのです。「心の飛躍、物事を捉える尋常でない深さ、意外さ」、「見えないものを見、聞こえないものを聞く」、「それに言葉を与え、心を大きく羽ばたかせる」、これが満さんの実感した宮澤賢治の詩の力なのです。

詩人によって現実が豊かに表現されるのではなく、その詩人にしかできない表現が生み出されることによって、現実世界そのものが豊かになる、というところに、満さんの詩についての考え方の根幹があります。

詩人宮澤賢治の人生の軌跡をたどりながら、満さんは一つひとつの詩の魅力を解き明かしていきます。一人の悩める青年としての賢治が、自分の心の中で起きていることを言葉にしていく実践が、『春と修羅』の序文に出てくる「心象スケッチ」という言葉であるとしたうえで、満さんは、賢治の初期の詩が、相反しながらも自分の中に共にある、「不安」と「希望」の表現であるとしています。

そして長篇詩「小岩井農場」の末尾の「わたくしはかっきりみちをまがる」という一行に、詩人宮澤賢治の新たな誕生を満さんは見いだしていきます。

妹トシの死を悼んだ「青森挽歌」の中にある、「みんなむかしからのきょうだいなのだから」という言葉の中に、満さんは賢治の「思想の根本」を見いだしていきます。銀河系の中の太陽系の、地球という惑星だけに現象した、単細胞生物から人間にいたる、進化のひとつらなりとしての、生命についての賢治の認識が、この言葉に刻まれていると言うのです。「ここに生命をいとおしむ賢治文学の根本があった」と、満さんは言い切ります。

しかもこの認識が「一匹の蛾《が》」の「命へのいとおしみ」や、「ぼうふら」の姿をギリシア文字とアラビア数字で視覚化した「蠕虫舞手《アンネリダタンツエーリン》」という詩の解釈につながっていくのです。賢治の「生命をいとおしむ」言葉を、自ら口述筆記によって発話しながら成立した本書の中で、満さんの命の、たしかな息づかいが、私たち読者に伝わってくるのです。

満さんの賢治詩の読み方は、賢治の詩の言葉で表現されている現場に、身心ともに入り込み、そのいまとここを実際に生きてしまうというところに真価があります。「名詩中の名詩」という「早春独白」の「その木炭《すみ》すごの萱の根は／秋のしぐれのなかのやう／もいちど紅く燃えたのでした」についての分析は圧巻です。

……できたばかりの炭俵ですから、萱の紅い根っこがついています。車内に立ち込める湯気の中で、その根っこをふっと見ると、ぼっと紅く燃えるのです。ちょうど秋の時雨の中で、山に紅葉が一点、紅く見える。そのように見えたのでしょう。早春なのに、なぜ秋の時雨なのかと思いますが、賢治の心の中にはそうしたつながりがあって、この詩が生まれました。

詩の言葉を仲だちとして、満さんが「賢治の心の中」に入り込み、あらためて言葉と現実とのつながりの現場を再現し、私たちに伝えているのです。

満さんが、まるで賢治と一緒に汽車に乗っているかのように書くことが出来るのは、何度も賢治の足跡を旅していらっしゃったからです。とりわけ賢治の時代の岩手軽便鉄道、現在のJR釜石線での旅は格別だったようです。それは生前たった一冊だけ出版した童話集『注文の多い料理店』で、賢治が岩手県をエスペラント語で「イーハトーヴォ」と名付けたように、釜石線の駅名は、すべてエスペラント語訳されているからです。

「三・一一」以後、満さんは被災地への支援に全力で取り組まれました。それは賢治が生まれた一八九六年に、明治三陸地震津波が発生し、亡くなる半年前の一九三三年に昭和三陸地震津波が発生していたからでもあると私は受けとめています。二〇一三年一一月の学習の旅に私もご一緒させていただきました。福島の南相馬から、釜石の北にある大槌《おおつち》町を経て、花巻にいたる旅でした。大槌町は、宮澤賢治の表現に背中を押されての、「九条の会」の呼びかけ人の一人でもある、井上ひさしさんの文学的出発と深いかかわりのあるところです。

本書の冒頭近くで満さんは、賢治の『どんぐりと山猫』の、自然を的確にとらえた言葉に、心を動かされたひさしさんについて紹介しています。「言葉にならない」と思っていたことに、「言葉を与えてしまった人」としての賢治を仲だちとして、満さんが信頼し、同志的な愛情を抱いていた人たちが、本書の要所ごとに登場します。

三好達治《みよしたつじ》、谷川徹三《たにかわてつぞう》、立原道造《たちはらみちぞう》、中原中也《なかはらちゅうや》、そして賢治研究者の斎藤文一《さいとうぶんいち》、萩原昌好《はぎわらまさよし》。こうした方たちの著作にも眼を通しながら、満さんによる賢治の詩についての分析を読みなおすと、読者であるあなた自身によってきっといくつもの新しい発見が可能になると思います。

本書の全体を貫いている満さんの大切な問題意識の一つが、「最愛の妹」「トシの死」と、賢治がどう向き合ったのかという問いだったことに、私は強く心を動かされました。「ああとし子――悲しみを力に新たな地平へ」と題された、このことに焦点をあてた章の口述筆記が行われたのは、満さんが息を引き取る二週間程前だったようです。自らの死を正面に見つめながら、「トシの死」をめぐって引き裂かれていた賢治が、『銀河鉄道の夜』の執筆へと向かっていく詩的道程を、満さんはしっかりと、私たち読者に示していきます。

井上ひさし、梅原猛《うめはらたけし》、大江健三郎《おおえけんざぶろう》、小田実《おだまこと》、奥平康弘《おくだいらやすひろ》、加藤周一《かとうしゅういち》、澤地久枝《さわちひさえ》、鶴見俊《つるみしゅん》輔《すけ》、三木睦子《みきむつこ》の九氏の呼びかけで、二〇〇四年六月一〇日に「九条の会」が発足しました。「九条の会」のアピールに応じて、多くの分野別「九条の会」が結成されました。その中の一つ、「教育子育て九条の会」の呼びかけ人を満さんは引き受けてくださいました。呼びかけ人会議や、「教育子育て九条の会」の会合などで、満さんと直接お会い出来る機会がふえていきました。

会合が終わった後の打ち上げで、満さんと杯を酌み交わしながら、賢治の話になると、私の頭の中に、妹まどかの姿が明滅することがありました。ですから「ちひろの長男である松本《まつもと》猛《たけし》さん」と「対談のあと」「ワインを飲みながら」話をし、「ちひろさんが野原」を歩くとき、「エイト、ガンマア、イー、スイックス、アルファ」と、賢治の「蠕虫舞手」を口ずさみながら「スキップ」していたことが話題になるあたりは、大好きです。

賢治の詩を口ずさみながら、懐かしい死者たちの記憶を言葉で再現しあうこと。これも満さんから私が教わった文学の魅力の一つです。

その意味で満さんは、最後まで〝学校の先生〟、すなわち子どもたちと同じ現実を精一杯一緒に生きている教育者だったと思います。本書の末尾近く、賢治が学校を去るときの詩の「いいか、おまえはおれの弟子なのだ」という言葉を引用し、ここに、「子どもたちや若者に寄せる限りない信頼と期待」を満さんは読み取っています。

満さんの語る賢治は、私たち一人ひとりの記憶の中の、大切な死者たちを思い起こし、いま一度言葉を交わす仲だちになってくれるのです。だから、本書を通して、読者それぞれの記憶と重ねながら、「弟子」になって満さんとの対話をつづけていただきたいと心から願っています。

賢治　詩の世界へ＊目　次

遺著に寄せて……小森陽一 3

はじめに 15

第一章 ああいいな せいせいするな――誰もが覚えたくなる詩三篇 17
美しい早春の朝「有明」 17／すべてにシグナル青「雲の信号」 23
これぞ詩「高原」 26

第二章 苦悩と再生の心象スケッチ――七ツ森、くらかけ山の自然の中で 31
短歌からスタート 31／苦悩の四年間 34
不安と希望と「屈折率」「くらかけの雪」 39／苦悩と再生「林と思想」 49

第三章 わたくしはかっきりみちをまがる――長編詩「小岩井農場」の世界 51
さすらいの旅の中から生まれた詩 51／おれは一人で生きていく 58
青春の勝利宣言 66

第四章　小さな生命へ――みんなむかしからのきょうだいなのだから　69
どんな命もいとおしむ　69／小さな生命に寄せる詩「蠕虫舞手」　73
第五章　早春の賦――春の訪れを告げる美しい三篇の詩　83
これはもうモーツアルト「北上山地の春」　83／優しい気持ちに溢れた
「曠原淑女」　88／まさに名詩中の名詩「早春独白」　90
第六章　岩手軽便鉄道をうたう――ユーモア溢れる楽しい詩　95
色彩のスペクトル「冬と銀河ステーション」　96／木の名づけ方が面白い　102
ジャズのリズムを楽しむ　104
第七章　風が吹くと　風が吹くと――賢治と風たち　111
立原道造との接点　111／女性を想う文語詩　115
夜明けの心象風景　118／風が吹く絶妙な表現　124
風の詩の傑作「和風は河谷いっぱいに吹く」　129

第八章　ああとし子――悲しみを力に新たな地平へ　139
トシの死を見つめて　140／サハリンへの鎮魂の旅　148
傑作「薤露青」　155
第九章　教え子たちへ――これからの本当の勉強はねえ　163
教師としての賢治「生徒諸君に寄せる」　163／本当の勉強とは　171
新たな道へ踏み出す「告別」　177
あとがき……三上直行　185

扉、本文挿画＝著者

（※）本書で引用した宮沢賢治の詩その他は、ちくま文庫版『宮沢賢治全集』を底本とした。

はじめに

これから宮沢賢治の詩についての話をします。

「宮沢賢治は大好きだ、しかし、詩はどうも……」という人がいっぱいいらっしゃるかと思います。確かにとっつきにくいと思われるものも、賢治の詩の中にはたくさんあります。しかし、ちょっと垣根を越え、道を拓《ひら》き、扉を開けて近づいていくと、とても魅力的な親しみやすい詩になる、そういう詩がたくさんあるのです。

とっつきにくい、わかりにくいと敬遠しないで、これから、魅力的な豊かな賢治の世界へご一緒に分け入っていきましょう。

賢治が生まれ育ち、そして詩を書き、童話を書き、汗を流して働き、人々の本当の幸いを求めて三七年の生涯を過ごしたイーハトーブ・日本の東北。それは、世界でも稀《まれ》にみる豊かな自然を持った地域、いわゆる落葉広葉樹林帯です。

四季それぞれの移ろう季節があります。冬、野山は雪におおわれ、北上川は「流氷《ざえ》」を浮かべて流れ、春にはブナやかしわが芽吹き、初夏にはおきなぐさが綿毛をとばし、夏は一面の青田が風に揺れる。秋には山々は黄や紅にそまり、稲うれた田んぼが一面に波打つ、そういう所です。

その豊かな自然と響き合いながら、そしてまた、その中で生きる農民たち、子どもたちと辛苦を分かち合う中から、賢治の詩は生まれました。

賢治は自分が書く詩を「心象スケッチ」と言っています。そういう世界と響き合った心の風景、すべてのものに向けた優しい眼差《まなざ》し、人々の幸せを求めた賢治の希望、こういったものが織りなされているのが、賢治の詩の世界です。そのような賢治詩の世界に、少しでも親しみを持っていただけたらと願っています。

では、これから誰もが読みたくなる賢治の詩への案内をしたいと思います。

第一章　ああいいな　せいせいするな

――誰もが覚えたくなる詩三篇

まず、誰もが好きになり、覚えたくなるような賢治の詩をいくつか読んでみましょう。いずれも賢治自らが編集して出版した、生前唯一の詩集『春と修羅』第一集からのものです。

美しい早春の朝「有明」

最初に取り上げたい詩は、「有明」という美しい詩です。

「有明」という詩には二つあって、一つは一九二二年四月一三日の日付のもの、もう一つは一九二四年四月二〇日の日付のものですが、ここで取り上げるのは一九二二年の「有明」です。あとの「有明」については第五章で少し触れます。

この「有明」を読んでみましょう。

有明

起伏の雪は
あかるい桃の漿《しる》をそそがれ
青ぞらにとけのこる月は
やさしく天に咽喉《のど》を鳴らし
もいちど散乱のひかりを呑む
（波羅僧羯諦《ハラサムギヤテイ》　菩提《ボージユ》　薩婆訶《ソハカ》）

（一九二二、四、一三）

どうです。わかりやすかったですか、とっつきにくかったですか。やっぱり難しくて嫌になっちゃう、そういう印象でしょうか。もったいぶった解説を付けるというのは、詩の鑑賞としてどうかと私は思います。読んだ時の印象のままで、詩をしっかりと心の中にとめる、という読み方がほんとうは一番いいのでしょう。しかし、最初に言ったようにちょっと扉を開けると、すごく親しみやすくなる。そういう意味で賢治の心の扉を開けて詩の中に入ってみましょう。

この詩は、早春の雪原に訪れた朝ぼらけを詠んだ詩です。天空には有明の白い月が残り、そして雪原に朝の光が差し込む夜明けの一瞬の情景です。さっと雪原に伸びてきた朝の陽の光がまるで桃の汁を注いだように雪原を染めていった。これだけでも、もう充分ぞくぞくっと心が揺さぶられるのではないでしょうか。

「起伏の雪は／あかるい桃の漿をそそがれ」。これは、朝の夜明けの光が雪原に届いて広がっていく一瞬の情景です。

そして天空にはまだ青空に溶け残っている有明の月が、まるで何かを言いたげに咽喉を鳴らしています。その音は賢治の心には空を渡る風の音とダブっているのかもしれません。そして空に、四方に散らばり満ちてくる光をのみ込もうとしています。

そういう雪原の朝の情景、そして、その荘厳とも言える世界のどこからともなく般若心経《はんにゃしんぎょう》が流れてきます。

波羅《ハラ》僧羯諦《サムギャテイ》　菩提《ボージュ》　薩婆訶《ソハカ》

これは般若心経の最後の締めくくりの言葉です。その意味は、「往ける者よ、彼岸に往ける者よ、彼岸に全く往ける者よ、さとりよ、幸あれ」（岩波文庫の訳）。

般若心経は正式には般若波羅蜜多《はらみった》心経と言いますが、般若というのは「全き知恵」という意味です。波羅蜜多というのは実践のことですから、般若つまり真の知恵を実践する、その中心となる教えという意味です。ですから仏のいろいろな教えのエッセンスを絞ったお経が、般若心経です。般若心経の有名な言葉に「色即是空《しきそくぜくう》、空即是色《くうそくぜしき》」があります。ご存じの方も多いでしょう。

形あるものは形ないもので、形のないものから形あるものが生まれる、そういった自由自在の心を持っていれば一切の苦役を取り除くことができる。そして、こだわりなく、四民平等、欲もなく戦争もなく、搾取もなくみんなが明るく暮らしていく世界を、万物ともどもに創ることができる、そういったことを説いた教えです。そういう教えを身につけたなら、さあ行くがいい、悟りを開いたものは真の道を求めて行くがいい、それが、「波羅僧羯諦　菩提　薩婆訶」つまり「彼岸に全く往ける者よ、さとりよ、幸あれ」という最後の言葉ですね。

この言葉を天空のどこからか賢治は聞いたのでしょう。どうですか、いくらか親しみがわいてきたでしょうか。

起伏の雪、なだらかに波打っている雪原に朝の光がさっと注ぐ、明るい桃の汁が注がれたようだ。青空にとけのこる月は優しく、天に何かを言いたげにのどを鳴らしているようだ。そして一生懸命に、空に満ち満ちている四方に散らばる光を飲み込もうとしている。そういう荘厳の世界から般若心経が聞こえてくる。

ところで、私がこの詩の中で一番注目するのは「青ぞらにとけのこる月」という表現です。実は自分の体験ですが、この詩はずっと大好きな詩で暗唱していましたけれど、何かでこの詩をつぶやく時に「青空に消えのこる月は」と、間違って覚えてしまったのです。青空に消えのこる月は、やさしく天にのどを鳴らし、と。しかし、どうも消えのこる月では変だなあ、という感じを持っていました。間違って覚えていながら変だなあという感じを持つ、ずいぶん手前勝手な話ですけれど。

しかし、もう一度ちゃんと読んでみたら、「消えのこる月」ではなくて「とけのこる月」でした。「消えのこる」と「とけのこる」、たった二つのひらがなの違いですが、なんと大きな違いがあることでしょう。「消えのこる」といったら何かそのうち消えていく、何か後に残らない余韻も残らない、そういう表現になります。ところが「とけのこる」というと、青い空の中に光をいっぱい飲み込んで、だんだんとその青い空に同化して同じ色になっていく、そういう有明の月と青空との織りなす世界がそこには映しだされているように感じます。私はこの「とけのこる」という言葉の中に、賢治の詩心、賢治が詩人であることの証明を見るような気がするのです。

井上ひさしさんのエッセイに「忘れられない本」（中央文庫『わが蒸発始末記』所収）という短いエッセイがあります。

そのエッセイには、ひさしさんが小学六年生の時に、文庫本で一冊の本、賢治の『どんぐりと山猫』をやっと手に入れ、それを読んだ時の感動が書いてあります。

ひさしさんは、すぐ近くに山が迫っているような田舎暮らしの中で、山や川を友達として遊んでいた。そういうひさしさんが、表現しようと思ってもなかなかうまい言葉が見つからずに、言葉では表現できないと思っていたものが、たくさんあったというのです。

たとえば秋の日の山の姿とか、あるいは川や野面を横切る風だとか、言葉で表現しようとしてもなかなか表現できない、こういうものは言葉にならないんだなあと思っていた。しかしそういうものに言葉を与えてしまった人がいる、それが宮沢賢治だというのです。たとえばその一例として、秋の晴れた日の山の姿を『どんぐりと山猫』の中では、「まはりの山は、みんなたつたいまできたばかりのやうにうるうるもりあがつて、まつ青なそらのしたにならんでゐました」と表現しています。

こういう言葉を与えられるような人がこの世界にいるんだ、これに感動したというのです。私のこの「とけのこる月」という言葉への驚きも、それに似たものだったのかもしれません。「消えのこる」もおかしい、「まだ消えないでいる」もおかしい、だけど賢治はそこに青い空と同化していく「とけのこる」という素晴らしい言葉を与えたのです。本来ならこんな解説抜きに、この素晴らしく美しい「有明」の詩の感動を共有してもらいたいのですが、ちょっと解説しすぎたでしょうか。

これが一番目の詩です。どうでしょうか、覚えてみませんか。

すべてにシグナル青「雲の信号」

二番目の詩は、その年の五月に書かれた、やはり明るいさわやかな詩「雲の信号」です。これも素晴らしい詩です。

雲の信号

あゝいゝな　せいせいするな
風が吹くし
農具はぴかぴか光つてゐるし
山はぼんやり
岩頸《がんけい》だつて岩鐘《がんしょう》だつて
みんな時間のないころのゆめをみてゐるのだ
　そのとき雲の信号は
もう青白い春の

禁慾のそら高く掲《かか》げられてゐた
山はぼんやり
きつと四本杉には
今夜は雁もおりてくる

（一九二二、五、一〇）

わからない言葉はあったにしても、賢治の心を爽《さわ》やかに吹いていく風、そののびのびとした爽やかな明るい気分、これを共有することができるでしょう。

山はぼんやりかすんでいて、ちょうど五月ですから、きっと今夜には渡りの季節、雁も降りてくるだろう、しかも季節はまさに春耕、田植えの季節です。

ああ、いいな、風が吹いてせいせいするな、春耕の農具もぴかぴか光っているし、山はぼんやり。岩頸岩鐘といっているのは、形によって名を付けられた火山の種類のことです。太い首のようにずんぐりと、どっしりとした山、岩頸。そして、釣鐘のようにとがった山、岩鐘。四本杉というのは、花巻市のはずれ、今は住宅地になっていますが、当時は田畑が広がっていた田園です。この北西側の方に東根山《あずまねさん》、南昌山《なんしょうざん》といった山々が南から北の方へずっと岩手山の方向に向かって連なっています。その中にどっしりとした岩頸のような形をした山、南昌山のように釣鐘の形をした山もあります。

「時間のないころ」というのは、ちょっと気になる表現です。

時間というものは、どんなときにも前提抜きに必ずあると思われるかもしれませんが、そうではありません。宇宙の生成論によると、物質は、あるときに宇宙ビックバンによって生まれたものです。物質の無い時代、すなわち、時間のない時代もあったわけです。物質が無ければ時間もないわけです。賢治はアインシュタインを学び、相対性理論を学んでいましたから、そのあたりのことは知り抜いていたのでしょう。

時間という言葉を哲学辞典でひくと、ものすごく長い文章が出てきます。何で時間なんていう簡単な言葉をこんなに長く書くのだろうと思うことがあります。時間という哲学上の概念も大変な概念なわけです。時間のない頃というのは物質の存在以前、昔の昔、大昔にあったのだと。時間もないからすべてがのんびりしている。その頃の夢といったらどんな夢なのでしょうか。そんな話はともかく、ここでは春の長閑《のどか》な気分を表した科学者賢治らしい表現と受け取っておきましょう。

「禁慾のそら」というのも、なんでこんな言葉を使うのだろうかと、気になります。賢治は面白いことに、性の欲望にけっこう悩まされた人でもあります。そんな人にはみえませんけれど。

そして、その性の衝動をよく空の中に見出す。黒い雲や白い雲や、その中に女性の性や男性の性やそういうものを連想する、そういう人でもあったんですね。ですからここで言っている

「禁欲のそら」というのは、おそらく賢治が、そういう空を見ながら性への連想をいったん封印して、その空の中に信号を見ようとしたということではないでしょうか。

この詩の中で一番大事な言葉は「雲の信号」です。

雲が万物に向かって、これから耕されようとしている田畑にも、あるいは芽吹きを迎えている草やたくさんの木々、森や林にも、そしてこれから春耕に挑もうとしている人々の活動にも、そしてその情景を詠んでいる自分自身、つまり、賢治自身にも雲は信号を送っている。その信号はすべてのものに対して、シグナルは青、青になったよ、さあ、行くがいいと。

芽吹くがいい、目覚めるがいい、耕すがいい、そして新しい道へ進むがいい。こういう雲の信号が空高く掲げられたのです。読んでいるとみなさんの心の中にも「さあ、行こう」という春の信号が空から届くかもしれません。

これもそんなに長くない詩ですから覚えられるのではないでしょうか。

これぞ詩「高原」

三つ目は同じ年の六月に書かれた「高原」という詩です。

高　原

海だべがど　おら　おもたれば
やつぱり光る山だたぢやい
ホウ
髪毛《かみけ》　風吹けば
鹿《しし》踊りだぢやい

（一九二二、六、二七）

私は、高校二年の時にこの詩を読んだときの驚きと感動を忘れられません。

ああ、詩とはこういうものかと。こういう心の飛躍、物事を捉える尋常でない深さ、意外さ、そういうものが詩なんだな、見えないものを見、聞こえないものを聞く、それに言葉を与え、心を大きく羽ばたかせる。だからこそ感動を、人々の所に届けることができる、それが詩なんだなと思いました。

それまでも感動をさせられた詩がたくさんあります。

たとえば、三好達治の詩。

蟻《あり》が
蝶の羽をひいて行く
ああ
ヨットのやうだ

（『日本の詩歌　22　三好達治』中公文庫）

この詩に達治は「土」というタイトルをつけています。季節はおそらく真夏でしょう。真夏の熱い地べたに涼しい風が吹きわたる広い海の連想が重なりあい、はるかな海へのあこがれが広がっていく。

三好達治は蝶を詠《よ》むのがうまい人だったのですね。ひらひらと舞う白い蝶をみて、「蝶よ白い本」と、詩にしています（「本」）。そういうところにも、なるほど詩だなあと感じたことがあります。

でも、この「高原」という詩には本当に驚きでした。おそらく、山道を歩いてやがて見晴らしのきく小高い所に出たのでしょう。

目の前になだらかな山々が広がっています。もっとも「やまなみ」という言葉がありますから、それを海と連想することも、決して奇抜なことではないかもしれない。しかし、その山々が連なっているその一瞬を「海だべが」、海なのか、海じゃないのか、あっ、海だと思ってしまう、その詩人の心の飛躍、これこそ詩だなあと思います。はずむ心、そして海かと思ったら、ああやっぱり光る山だった。そして光る山々の方から風が吹いてくる、風が髪の毛を吹き上げる、ああ、鹿踊りのようだ。鹿の面を付け、髪の毛を振り乱して踊る、首を振って太鼓をたたいて踊る鹿踊りがありますが、あの鹿踊りのようだ。こういう短い詩です。

賢治と並んで丘にのぼり、風に吹かれて鹿踊りのように長い髪をなびかせた女性は誰なのか。それはお互いに恋心を燃やしていた大畠ヤス子という女性ではなかったか、という澤口たまみさんの興味深い研究もあります（澤口たまみ『宮澤賢治　愛のうた』もりおか文庫）。

「高原」は、まさに短詩の名詩中の名詩だと私は思っています。

言葉をただ並べて、行を変えれば詩になるというものではありません。そこには詩人の目が、詩人の心が対象をとらえる、そこには思いがけない見方があり、飛躍があり、はずむ心がありますそれが普通の人にはなかなか感じられないような、そういう言葉でさっと対象の一部、自然の一部を切り取ってしまう。

それは、詩人によって現実が豊かに表現されたというのとは、少し違うのではないかと思っています。詩人がそういう表現をしたことによって、現実そのものが豊かになった、あるいは現実の本来持っている豊かさが、詩人によって引き出されたのだと思います。

詩というのは言葉で表現されたものですけれど、詩として詠《うた》われたものは、まさに存在そのものになる、私はそのように思っています。

ですから、詩人が山を〝海だべが〟と表現したのではありません。海のように表現すべき自然があるから、それを詩人がとらえたことによって、現実世界が豊かになるのです。

音楽などもそうではないでしょうか。

たとえば湖に白鳥が泳いでいても、サン・サーンスの名曲「白鳥」がそこへ流れると、湖に白鳥が泳いでいる現実そのものが一層豊かになる。

ベートーベンの第九で歌われる合唱曲「歓喜の歌」。あのメロディーはベートーベンが作ったのでしょうか。私はどうもそうじゃないと思います。この宇宙そのものの中にあのメロディーが存在していて、ベートーベンがそれを彼の天才的な直感で引き出したと思うのです。あの「歓喜の歌」というメロディーは、一つの音が全部隣の音と音階の上で隣り合っています。これはベートーベンが作曲したというよりも宇宙や自然や、あるいはベートーベンはそこに神の姿を見たのかもしれませんが、この世界に存在しているのだと思っています。

絵画もそうでしょう。ゴッホによって描かれた白樺やひまわりは単にゴッホの表現というだけでなく、本来、そういう姿としてあるものをゴッホが引き出したものではないでしょうか。

私たちは、私たち人間の仲間にそういう才能を持った詩人や芸術家がいてくれることに、心から感謝しなくてはなりません。

そして、名詩「高原」は、賢治がそうした宝のような詩人のひとりであることの見事な証明だと思っています。

第二章　苦悩と再生の心象スケッチ
――七ツ森、くらかけ山の自然の中で

短歌からスタート

賢治の文学活動は、よく知られているように短歌からスタートしました。これは多くの作家たちと共通しています。

賢治は一五歳、盛岡中学三年生の頃から歌を作り始めています。そして、盛岡高等農林に入ってからは『アザリア』という同人誌の仲間を作り、保阪嘉内《ほさかかない》、小菅健吉《こすげけんきち》、河本義行《かわもとよしゆき》等と短歌や評論を書き、同人誌を発行する活動に入っています。

賢治の短歌はここではテーマではありませんが、短歌の中にも非常に魅力的な短歌がたくさんあります。たとえば、

十秒の碧きひかりの去りたれば
かなしく
われはまた窓に向く

などは魅力的な短歌の一つです。

当時、盛岡中学校を卒業したばかりの賢治は、盛岡の病院に鼻炎の治療のために入院していたのですが、そこで高橋みねという看護婦に恋をしました。みねさんが来るほんのわずかの瞬間、それが楽しみ。そして、みねさんが容態を聞いてくれる、たった「十秒の碧きひかり」が去ってしまった。「かなしく／われはまた窓に向く」といった一人の女性を切なく恋うる歌です。

あるいは東京に上京した時の情景を描いた歌、高等農林時代の三陸の旅の歌、父と旅行した比叡山の歌、とりわけ親友保阪嘉内へのはがきや手紙に書き送った短歌などの中には、心にしみる歌がたくさんあります。

賢治の来訪を記念して建てられた歌碑の歌には旅情のこもった秀作が多いように思います。ここでは、ちくま文庫版全集の表記に従ってご紹介します。ただし、保阪嘉内墓所にある歌碑の歌は、全集版とは少し違っています。

うるはしの海のビロード昆布らは
　寂光のはまに敷かれひかりぬ。（宮古浄土ヶ浜）
つくづくと「粋なもやうの博多帯」
　荒川ぎしの片岩のいろ。（埼玉寄居町荒川河畔）
さはやかに半月かゝる　薄明の
　秩父の峡のかへりみちかな（秩父小鹿野町ようばけ）
甲斐にゆく、萬世橋の、スタチオン。
　ふっと哀れに、思ひけるかも。（山梨県韮崎市・保阪嘉内墓所）
ねがはくは　妙法如来正徧知
　大師のみ旨成らしめたまへ（比叡山根本中堂前）
しかし、やがて賢治の心象、心の世界は短歌という枠の中では表現しきれないほどの容量になっていったのでしょう。もちろん、短歌は素晴らしい表現手段であり、すばらしい文学です。しかし、賢治の激しい苦悩や心の激動は、短歌では表現できなくなっていった。やがて、賢治は、それまで書きためた短歌を自ら歌稿集にまとめて整理をして、作歌は一九二一年頃には打ち切っています。

やがて詩の世界に入って、その詩を心象スケッチと名付けるわけですが、その間にどういうことが賢治の中にあったのでしょうか。

苦悩の四年間

賢治には、私の言葉で言えば「苦悩の四年間」がありました。一九一八年、高等農林三年生の時の三月、卒業間際に親友保阪嘉内が学校を追放されました。『アザリア』に嘉内が過激な事を書いたという、たったそれだけの理由です。一人の純粋な青年に対するむごい仕打ちです。

やがて賢治は卒業しますが、卒業後の進路をめぐって父政次郎《まさじろう》との激しい確執がありました。宮沢商店の御曹司・長男ですが、質屋商売をやって暮らす生活にはとても入れないと考えている賢治と、父との間の確執、これは長く激しいものがありました。

ちょうど、高等農林卒業と同時に訪れた兵役問題をめぐっても、父との間に確執がありました。なるべく徴兵免除をさせたいと思っている父親と、まわりの青年たちと同じようにしたい、特権的な身分になりたくないと考えている賢治との間の確執。しかも、その頃の若者にとって徴兵問題というのは、二年ほど兵舎の飯を食ってくればいいという単純なものではなかったのです。

ちょうど賢治が兵役の問題に直面している頃に始まったのがシベリア出兵です。何十万という大軍をシベリアに送りこんで、新しいロシアを創ろうとしているロシア民衆革命勢力に襲いかかる、そういうシベリア出兵で多くの若者たちはシベリアに送られ命を落とす。まさにシベリアで戦死するかもしれないということさえ視野に入れなければならない問題でした。

その中で特権的な位置にいたくないという賢治。徴兵検査を受けることになった賢治は、幸いというか第二乙種ということですぐ兵役にはつかないで、シベリア出兵も免れることになります。

やがて、父との確執の中で、父と違う別の道をいくんだ、私は私だ——おそらく青年賢治のアイデンティティーの雄叫《おたけ》びだったのでしょう——そういう誰しもありがちな青春期の自立志向、自己探求をします。そしてこの中で賢治は法華経《ほけきょう》と出合い、心を惹《ひ》かれ信者になっていきます。

そこには、浄土真宗《じょうどしんしゅう》の熱心な信仰者であった父親との宗教的な対立も生まれました。高等農林卒業と同時に、いわゆる進路をめぐっての争いの中で、一定期間モラトリアム（猶予）の期間がありました。それは約半年に及んだ盛岡高等農林研究生としての岩手県一帯の地質調査の仕事でした。それもやがて秋には終わってしまう。ますます進路をめぐって父親と対立し賢治自身も悩みます。

そのころ、妹トシが東京の日本女子大学に在学していましたが、トシの病気の知らせを聞いて、看病かたがた上京します。そして、一九一九年の三月まで東京に下宿して、トシの看病の傍ら、上野の図書館などに通いさまざまな本を読み、自分の進路を探します。

賢治は、実は人造宝石の仕事を生業にしようとも考えていたようです。父親に「資本金を出してくれ」というような話を持ちかけ、父親からはそんな考えは甘いと突っぱねられる。東京から父親に出した手紙がたくさん残っていますが、後半は、もう、自棄《やけ》のやんぱちになり、私の進路なんかどうとでもしてくれというような手紙になっています。

やがて賢治は花巻に戻り、最も意にそわない質屋の店先の仕事をさせられます。保阪嘉内あての手紙の中にも、賢治はその苦悩を叩きつけるように書いています。ある手紙では「古い布団綿、あかがついてひやりとする子供の着物、うすぐろい質物、凍ったのれん、青色のねたみ、乾燥な計算」と、質物や村人の妬《ねた》みに囲まれている生活だといった、やり場のない悲しみや怒りや苦悩を綴《つづ》っています。

次のような激しい自己否定の手紙も賢治は書いています。

「私はいまや無職、無宿、のならずもの……ごろつき　さぎし、ねぢけもの、うそつき、か

たりの隊長　ごまのはひの兄弟分、前科無数犯　弱むしのいくぢなし、ずるもの　わるもの偽善会々長　です。……かう云ふ訳ですから私は著しく鈍くなり、物を言へば間違だらけ、あたまの中にはボール紙の屑　実は元来あなたに御便りする資格もなくなりました。監獄ももう遠くありません」

これがあの宮沢賢治かと、驚かれる人も多いのではないでしょうか。

そういう中で賢治は法華経の在野の信仰団体である国柱会《こくちゅうかい》に入会しました。入会するや賢治の信仰はますます狂信的なものになっていきます。花巻の町の中を、夜、白装束で団扇《うちわ》太鼓を叩きながら、南無妙法蓮華経《なむみょうほうれんげきょう》を唱えてまわる姿がよく目撃されたそうです。父親にも入信を迫り、親友の保阪嘉内にも、しつこく共に進もうと哀願、懇願し、時には脅迫めいた手紙まで出しています。

やがて賢治は一九二一年一月、ついに家出を決行します。東京・本郷の東大赤門《あかもん》の前の小さな印刷所に職を得て、本郷菊坂の二畳一間の部屋に下宿します。昼は筆耕の仕事をしながら、時には上野の鶯谷《うぐいすだに》の国柱会に通い、国柱会の宣伝布教の手伝いをし、夜中に猛然と書くという生活に入りました。そういう中でその年の七月、二年半ぶりに保阪嘉内と再会します。

そこでも賢治は嘉内に国柱会への入信を強要したのでしょう。嘉内とは気まずい決別同然の別れとなりました。どんなに辛い哀しい別れだったでしょう。

やがてそういう苦悩の中から、賢治は深く考え、自ら問い、狂信的な世界から少しずつ脱出していきます。

そして「トシビョウキスグカエレ」の電報を受けて、その年の八月の末に花巻に帰ります。こういった賢治の精神体験、これはもはや短歌で表現できるというようなものではなかったのでしょう。

そして、自分の悩みを客観化したい、見つめてみたい、客観化するためにはそれを何らかの形で書く、そういうことをやってみたいと思うようになる。たとえば日記を書く、文章を書く。これは賢治のみならず、苦悩を抱いた多くの青年がするのではないでしょうか。賢治の場合は、それは心象スケッチという詩の世界であり、書かずにはいられない心象がありました。これが私は賢治の心象スケッチ、すなわち、詩の泉だったと思うのです。

書かずにはいられない心の世界があった、できればこれを客観化して書きたい、客観化することによって自分を見つめ新たな自分を探求したい。

法華経、国柱会への信仰にのめりこんで先が見えなくなっていた自分、嘉内にも執拗《しつよう》に信仰を強要して親友を失ってしまった自分、そういうものを見つめてみたい、こうして賢治の詩作が始まったのだと私は思います。

やがてそういった狂信的な信仰から少しずつ抜け出して、広い世界、広い信仰を認める寛容の世界、人間愛の世界へ、賢治世界がしだいに広がっていく。それと共に賢治の心象スケッチ（詩）が次々と生まれていったと思います。

青春の自己探求の中でもがく賢治の前にたちはだかり、その甘えを許さず厳としてはねつけ、賢治の精神を鍛え広げる役割を演じた二人の人物がいたことを、賢治にとって幸せな事だったと思っています。その一人は父政次郎であり、もう一人は保阪嘉内でした。すこし、前置きが長くなりましたが、この四年間の苦悩の深さを知ることが、その上に花開く賢治の詩や文学を知る上で不可欠と思い、紹介しました。

その年の一二月に賢治は花巻農学校の、当時は稗貫《ひえぬき》郡立稗貫農学校でしたが、そこの教師になりました。そして次の年の一月、冬休みでしょう、賢治は自分の心を確かめるために冬の小岩井、七ツ森の地を訪れました。賢治にとって親しみのある小岩井農場、七ツ森、この冬の一日をさすらい歩く中から、賢治の心象スケッチ『春と修羅』第一集の冒頭を飾る二つの詩が生まれたのです。

不安と希望と「屈折率」「くらかけの雪」

心象スケッチの世界というのは、自然とそれを感じ取る賢治の心の世界が響きあった世界ですね。そういう心象スケッチの世界を実によく表している二つの詩を読んでいきましょう。

一つは詩集『春と修羅』第一集の冒頭を飾る「屈折率」という詩です。

屈折率

七つ森のこつちのひとつが
水の中よりもつと明るく
そしてたいへん巨きいのに
わたくしはでこぼこ凍つたみちをふみ
このでこぼこの雪をふみ
向ふの縮れた亜鉛《あえん》の雲へ
陰気な郵便脚夫《きやくふ》のやうに
（またアラツディン　洋燈《ラムプ》とり）
急がなければならないのか

（一九二二、一、六）

一九二二年一月六日の日付の入った冬の詩です。『春と修羅』を読みたいと思って、最初にこの詩に出合い、「なんだろう、わからない」と思う人も多いのではないかと思います。

しかし、ここで私たちが見なくてはいけないのは、これが七ツ森から小岩井にかけての冬の自然と賢治の心象の世界が響きあった心象スケッチの世界だということです。七ツ森というのは、小岩井農場の南、雫石川《しずくいし》との間に並んでいる小さな小山の連なりのことです。賢治の作品の中には度々登場する所です。

たとえば「おきなぐさ」という作品などもそうです。賢治の世界にとっては、七ツ森は、山男なんかが住んでいるこの世とは別の世界、異質な世界と現実の世界との境目にある場所として位置づけられています。

山から下りてきた山男なんかもここまでくると、普通の人間の形になって町の方へ向かっていくという、そんな場所になっています。

野原にはおきなぐさ（うずのしゅげとも言う）が咲いて、綿のような実が飛び交う、そういう広々とした美しい場所、そして、かわいい小山が並んでいる。鉢森とか丸森とか小鉢森とか、こういったのが並んでいるのが七ツ森です。そしてこの七ツ森を通り、私は今、でこぼこ凍った道を踏んで歩いている、「向うの縮れた亜鉛の雲へ」。

亜鉛の雲、これは東北の人たちならよくイメージを浮かべることができます。冬の秋田と岩手の県境には、いつも亜鉛色の暗い雲がかかっています。北西の季節風が吹きつけて、県境の山脈に黒い雲が浮かぶ、そういう亜鉛の空です。だから、ここではまだ私はでこぼこの凍った道を踏んでいるのだと、そしてこれからもあのでこぼこの道を踏みながら、縮れた亜鉛の雲の方へ、ただたどしい足取りの郵便脚夫のように頼りなく歩いて行かなくてはいけないのだ。そういう自分への不安。四年間の苦悩を経てたどり着いたこの自分の立ち位置が、そう確かなものではない。まだまだ不安や危うさに満ちているという自分への不安、それと同時に、その向こうには何か今までとは違うものが見えてくる、そういう新しい道への希望。それらが入り混じった心象、これが自然の描写と重なり合って写しだされているのです。

不安と新しい自分自身への希望。その新しい自分自身への希望を象徴する言葉が「アラッディン　洋燈とり」です。

これは、なんでもできるランプを取りに行くアラビアンナイトのアラジンの話ですが、そういう自分は幸せを手に入れようとするランプ取りでもあるのだと。アラジンのように幸せのランプを取りに行く、そういう道に今立っているのだと。

こういう不安と希望の入り混じった心象、これが写し出されているのが、この冒頭の詩「屈折率」なのです。

このように心象をちょっと覗《のぞ》いてみると、この詩が意外にわかってくるのではないかなと思います。ややわかりにくい言葉づかいがあったにしても、賢治のひたむきな、まだ不安がいっぱいあるけれど新しい道についていきたい、今までのように友と別れ、あるいは父と争い、ひたすら国柱会、法華経の信仰だけを追い求めてきた、そして周りから疎まれていたそういう世界ではない、もっと広い世界がそこにあるのではないか。そういう屈折した心だからタイトルも「屈折率」と付けたのです。
そして、二番目の詩「くらかけの雪」、これも同じような心象世界を表現しています。

くらかけの雪

たよりになるのは
くらかけつづきの雪ばかり
野はらもはやしも
ぽしやぽしやしたり黝《くす》んだりして
すこしもあてにならないので
ほんたうにそんな酵母《かうぼ》のふうの
朧《おぼ》ろなふぶきですけれども
ほのかなのぞみを送るのは
くらかけ山の雪ばかり
（ひとつの古風《こふう》な信仰です）

（一九二二、一、六）

くらかけ山というのは岩手山の南の方にある、岩手山よりはずっと背の低い古い火山です。ちょうど、馬の鞍《くら》のような形をしているのでくらかけ山と言われているのですが、これも賢治の詩にはおなじみの山です。

このくらかけ山の方に小岩井農場の牧場はのびて、そこは真っ白な雪に覆われている開かれた雪原、それがくらかけ山の方に続いている。それは、何か頼りになる自分がこれから行こうとする新しい道、そういう道のように見える。

しかし、同時にその周りは、まだぽしゃぽしゃしていて黝んだ、ちっともあてにならない酵母のような、朧ろな吹雪に囲まれている、そういう森や林が黒ずんだ姿としてある。それは自分の中にもある。つまり自分の中には、はっきり開かれたくらかけつづきの明るい雪原のような心象と、まだまだ黒ずんだ吹雪の森のようなぽしゃぽしゃしたあてにならないものがある。そういうことをこの「くらかけの雪」は心象風景としてスケッチしています。

この最後の（　）の中の一行（ひとつの古風な信仰です）とはどういうことでしょう。「屈折率」の中にも（　）に一行がありました。（またアラツディン　洋燈とり）と。

心象スケッチの中でこういう（　）の行を入れるというのは賢治がよくやっていることです。これは多くの場合、その詩として綴られている脈絡に、別の世界から入ってくる、あるいは別な形で自分の意識の中にひょいっと入り込んでくる、そういうものを括弧で表現しています。

ですから、郵便脚夫のようにでこぼこした道をいかなくちゃいけないのかと思っている自分に「だって、アラジンのランプ取りかも知れないよ」と入ってくるのです。どこからともなく他者の声として。

そういう形を取りながら賢治が詩の中に取り入れている。この「くらかけの雪」の最後の、（ひとつの古風な信仰です）

というのもそうです。

これは、私、ずいぶん考えました。そして、賢治はここで、うんとへりくだったことを言っているのだなということに気が付きました。

というのは、「私のこういう苦悩は、私のような人間のものだけかというように思うかもしれないが、そうではないんですよ」と。「誰でもたどる道でしょう」と。

自立のための苦悩と、その中で自分の道がつかめない不安と悩みと、少しずつ切り開いていく希望との間で苦悩と再生を繰り返す青春の姿、これは昔からあることですよ、と。何も特別な事ではありませんよ、といっているのではないのかなと私は思うのです。それが（ひとつの古風な信仰です）と。

詩集『春と修羅』には長い「序」があるのですが、この中で賢治は「私はこれまでの心の中に浮かんできた心象をスケッチしていきます」と書いています。そして「私が書く心象スケッ

ちゃんと七ツ森
7/12 つなぎ大橋手前より

チはきっと普遍的なものを持っているでしょう」と書いているのです。
序のさわりの部分だけ読んでみましょう

これらは二十二箇月の
過去とかんずる方角から
紙と鉱質インクをつらね
（すべてわたくしと明滅し
　みんなが同時に感ずるもの）
ここまでたもちつゞけられた
かげとひかりのひとくさりづつ
そのとほりの心象スケッチです

これらについて人や銀河や修羅や海胆は
宇宙塵をたべ　または空気や塩水を呼吸しながら
それぞれ新鮮な本体論もかんがへませうが
それらも畢竟こゝろのひとつの風物です
たゞたしかに記録されたこれらのけしきは

記録されたそのとほりのこのけしきで
それが虚無ならば虚無自身がこのとほりで
ある程度まではみんなに共通いたします
（すべてがわたくしの中のみんなであるやうに
　みんなのおのおののなかのすべてですから）

このように「心象スケッチ」として、「記録された」ものは、「ある程度まではみんなに共通いたします」と書いています。特別な青年だけが味わう苦悩と再生への世界ではなくて、若者であれば、青春であれば、誰しもが通る道ではないですか、一つの古風な信仰ですよ、と言っていると私は思うのです。

こうして、賢治はまだ不安に満ちた自分と新しい希望を見出そうとする自分とのたたかいに乗り出していったのです。

ですから、この二つの詩が書かれた一月から五月頃までの詩の中には、相反する心を心象スケッチとして描いた詩や、あるいは、前出の「有明」のように明るい心象を描いた詩などが入り乱れて混じっています。

苦悩と再生「林と思想」

　このように苦悩を乗り越えて、新たな自分の地平を見出そうという精神の葛藤を続けている賢治は、おそらくいろんなところをさすらいながら自問自答を繰り返し、自分自身としゃべったりしたのだろうと思います。そういう賢治がまわりのもの、たとえば川とか雲とか山とか、あるいは森などと語り合うということもあったのではないでしょうか。

「おーい、森よ」なんて言う具合に森に語りかける。そうすると賢治のことですから、森からの言葉も自分の中に聞こえてくる、そんな精神体験もしたのではないでしょうか。そういう中から賢治の詩のひとつの傑作が生まれました。「林と思想」という詩です。

　一九二二年の六月に書かれた詩ですが、苦悩と再生の心象スケッチの記念すべき詩のひとつだと私は思います。

林と思想

そら　ね　ごらん

むかふに霧にぬれてゐる
蕈《きのこ》のかたちのちひさな林があるだらう
あすこのとこへ
わたしのかんがへが
ずゐぶんはやく流れて行つて
みんな
溶け込んでゐるのだよ
　こゝいらはふきの花でいつぱいだ

（一九二二、六、四）

この詩が大好きだという人はたくさんいます。そして賢治と林、賢治と自然というものが一体のものになっている、そういう賢治の雰囲気をこの詩の中から誰もが読みとれます。

賢治は、自然と自分との一体感を感じてこの名作「林と思想」を生み出したのではないでしょうか。そして、この「林と思想」の詩は、詩碑となって岩手山の東がわの山麓、春子谷地《はるこやち》という湿地帯の一角に刻まれています。

第三章　わたくしはかっきりみちをまがる

――長編詩「小岩井農場」の世界

やがて、そういう自分自身の中の葛藤に決着をつける日がやってきます。

一九二二年五月二一日、宮沢賢治はふたたび小岩井《こいわい》農場へやってきました。一日のさすらいの中で自分の心を見つめるためです。

さすらいの旅の中から生まれた詩

賢治はよくそういうことをしました。新しい探求に入ろうとする時に、賢治はよくさすらいの旅をしました。後で話すことになりますが、「銀河鉄道の夜」に取りかかるときにも賢治は三陸の厳しい冬の旅をしました。

この日も一日のさすらいの中で、賢治は考え抜こうとしたのだと思います。それは同時に、自分が書こうとしている詩の手法である心象スケッチという方法を試してみようという気持ちもあったのでしょう。ノートを持ち、首から鉛筆をぶらさげて書き続けながら、途中から雨が降ってきますけれど、小岩井農場をさすらい続けました。その中から生まれた宮沢賢治最大の長編詩が「小岩井農場」です。

「小岩井農場」という詩はなんと五九一行、文庫本で何ページになるのでしょうか。実は「小岩井農場」という詩が析出される元の下書きがあります。下書き稿とか、あるいは初期形とか言われているものです。これはもっと長くて、もっと饒舌《じょうぜつ》で、冗漫で、こんなこと書かなくてもいいのにと思われるような、まさに心に浮かんだもの、出会った情景をすべて書いています。

やれ、角を曲がったら犬が吠えたとか、農夫に聞いたら三時の汽車にはもう間に合わないとか、そんな余計なことまで綴った下書きです。

おそらく賢治は心象スケッチの実験をしようとしたのだと思います。一日のさすらいのことをすべて書き尽くして、そこから詩が生まれるのかと。

結局それらをもとにして、賢治が心ゆくまでその一日の心象を書き連ねたら、なんと五九一行になってしまった。賢治さん、もう少し短くしてくださいよ。今からでもこの世にもう一回現れてきて校正しなおしてください、というのが率直な感想です。

パート一からパート九までありますが、その中のパート五と六は標題だけあって、中身がまるまるない。なければ次のパートを順送りに上げればいいのに、スパッと切っちゃって何もない。おまけにパート八に至っては「パート八」という標題もないのです。パート七からパート九となっています。

こういう不揃《ふぞろ》いなことをやりながら、それでも賢治はなるべく無駄のないようにしようと思って一生懸命校正して、その日一日の心象を綴りました。その中にはもちろん、とっても魅力的な五月新緑の頃の小岩井の風景、その中にさすらっている一人の青年の心象、そして、鳥や花や森、自然が醸し出す素晴らしい世界、さらには途中で賢治が抱くさまざまな考えや幻想、そういった魅力的なものがあります。

読み方としては、賢治のやや饒舌な自問自答や繰り返される自然の描写に丹念につきあいながら、パート九まで五九一行味わい尽くすというのも一つのやり方です。それが当然のことながら正しい読み方でしょう。

しかし、ここでは思い切って「小岩井農場」という長編詩のもっている大きな流れと、その中の魅力的な言葉を拾いながら最後のクライマックス、最も重要なクライマックスまで足早に行くという読み方をしてみます。勝手読みかもしれませんが、三上流読み方にお付き合いください。

まず、書き出しです。

五月二一日、時間は時刻表からいって大体一一時頃と推定されているのですが、賢治は雫石線の小岩井駅に降り立ちます。
パート一冒頭は

わたくしはずゐぶんすばやく汽車からおりた
そのために雲がぎらつとひかつたくらゐだ

こういうドラマティックな書き出しから始まります。その後さっそく饒舌になって、駅前には小岩井農場の先生がいて、その先生を迎えて馬車が待っているとか、くらかけ山の方に早く行きたいので馬車に乗った方がいいだろうかなどと考えているうちに、馬車が通り過ぎて行ってしまったなどと書いてあります。
賢治がここでくらかけ山への思いを語っている数行はなかなか魅力的です。

くらかけ山の下あたりで
ゆつくり時間もほしいのだ
あすこなら空気もひどく明瞭で
樹でも艸でもみんな幻燈だ
もちろんおきなぐさも咲いてゐるし

野はらは黒ぶだう酒《しゅ》のコップもならべて
わたくしを款待するだらう

野原の表現としては素敵な表現です。このくらかけ山に早くいきたいから、だから馬車に乗った方がいいのかな、とかなんとか書いていますが、結局馬車に乗らずに歩き出す。実は、賢治は同じ所に冬にも来ているので冬の事を思い出して書いています。

冬にきたときとはまるでべつだ
みんなすつかり変つてゐる
変つたとはいへそれは雪が往き
雲が展《ひら》けてつちが呼吸し
幹や芽のなかに燐光や樹液《じゅえき》がながれ
あをじろい春になつただけだ
それよりもこんなせはしい心象の明滅をつらね
すみやかなすみやかな万法流転《ばんぽうふるてん》のなかに
小岩井のきれいな野はらや牧場の標本が
いかにも確かに継起《けいき》するといふことが

どんなに新鮮な奇蹟だらう

素晴らしい春の牧場の描写ですね。冬は雪だったけれど、今は雲が展けて土が表れて呼吸している、そして幹や芽の中に樹液が流れている、こういう春の情景ですね。

終わりの四行

すみやかなすみやかな万法流転のなかに
小岩井のきれいな野はらや牧場の標本が
いかにも確かに継起するといふことが
どんなに新鮮な奇蹟だらう

は、小岩井農場上丸牛舎近くにある、宮沢賢治詩碑に選ばれて刻まれています。
そして、パート二に行きます。
自然の風景がいろいろに描かれていきますが、中にはひばりの非常に魅力的な表現もあります。

ひばり　ひばり

銀の微塵《みじん》のちらばるそらへ
たつたいまのぼつたひばりなのだ
くろくてすばやくきんいろだ
そらでやる Brownian　movement

ブラウニアンムーブメントというのは、ブラウン運動と言って、大変ややこしいのですが、要するに物質の不規則な運動のことです。
パート三にいくと、今度は鳥の鳴き声の表現が魅力的です。

どうしたのだこの鳥の声は
なんといふたくさんの鳥だ
鳥の小学校にきたやうだ
雨のやうだし湧いてるやうだ
居る居る鳥がいつぱいにゐる
なんといふ数だ　鳴く鳴く鳴く
Rondo Capriccioso
ぎゆつくぎゆつくぎゆつくぎゆつく

あの木のしんにも一ぴきゐる

鳥がたくさんいます。鳥の鳴いている姿、鳴き声を、ロンドカプリチョウゾの音楽のようだといっている。メンデルスゾーンのピアノ曲ロンドカプリチョウゾです。

サン・サーンスにも有名な「ロンドカプリチョウゾ」というバイオリン曲がありますが、ここで賢治が言っているのは断然間違いなくメンデルスゾーンのものです。さまざまな種類の鳥が競い合って鳴いているような素晴らしいピアノの名曲です。一度聞いてみてください。

おれは一人で生きていく

そしてしばらく飛ばしましょう。

そういう小岩井の自然や鳥や花々や草や、やがて降ってくる小雨の中や、そんなところを歩きながら、賢治はただそれらの風物をスケッチするだけではなく、自分に問う。これからどう生きるか、今までの自分はどうだったのか、新しい道はどこにあるのか、そういう賢治の心象が頭をもたげてきます。

思い切ってパート四に飛んで八六ページ（ちくま文庫版全集第一巻）です。いろんな道を辿《たど》ってきたけれど、

いまこそおれはさびしくない
たつたひとりで生きて行く
こんなきままなたましひと
たれがいつしよに行けようか
大びらにまつすぐに進んで
それでいけないといふのなら
田舎ふうのダブルカラなど引き裂いてしまへ
それからさきがあんまり青黒くなつてきたら……
そんなさきまでかんがへないでいい
ちからいつぱい口笛を吹け

自分に言い聞かせているのです。さびしくない、おれは一人で生きていくのだと。まっすぐ進んでいくのだと。それでいけないというのなら「田舎ふうのダブルカラ」というのは、要するに教員の服装、教員の地位のことですね。教師という月給取り、安易なそういう立場など引き裂いてしまえと。そこから先はあんまり考えないでいいや、力いっぱいここは口笛を吹いて歩こう。そういう風に自分にいい聞かせる言葉がふいに心の中から湧き上がって、それを書いています。そして、口笛がもう一回でてきますね。

五月のきんいろの外光のなかで
口笛をふき歩調をふんでわるいだらうか
たのしい太陽系の春だ
みんなはしつたりうたつたり
はねあがつたりするがいい

そんなふうに自分に言い聞かせています。

いよいよ最後のクライマックス、パート九に行きます。

一日の小岩井のさすらい、賢治はいったん、くらかけの近くまで行ってそこから柳沢へ抜けて、柳沢から滝沢のほうに出ようとしました。ところが途中で農夫に汽車の時間を聞いたら、どうも東北本線の汽車が、これから行っても間に合いそうもないというので、そこから引き返します。引き返して途中から鬼越峠《おにこし》を越えてまっすぐ盛岡に出ようと思ったけれど、結局それもやめて再びもと来た道、小岩井駅へ戻っていきます。こういう経過はあの下書き稿の中に出てきます。

途中で賢治は、二人の友が自分と寄り添って歩いている、という幻想にとらわれます。ユリアとペムペルという二人の人です。

ユリアというのは地質時代のジュラ紀からきているユリアだといわれているし、ペムペルというのも地質時代のパルム紀からきている名前だといわれていますが、いずれにしても自分に深いかかわりを持った二人の人が自分と連れ添って歩いているという幻想です。

この二人の人は誰なのでしょう。一人は保阪嘉内、もう一人は自分と共に歩んできている妹トシではないかと私は思います。淋しさのあまり、ふと抱いてしまった幻想、自分を深く見つめるためには退けなくてはいけない幻想なのですが、幻想の中にあらわれてくれた二人に安らぎを得て、次のように言っています。

どうしてもどうしてもさびしくてたまらないときは
ひとはみんなきつと斯ういふことになる
きみたちとけふあふことができたので
わたくしはこの巨きな旅のなかの一つづりから
血みどろになつて遁げなくてもいいのです

そして、幻想とはいえ、二人に会わせてくれた、自分を癒やしてくれたこのあたりのことを次のように書いています。

さうです　農場のこのへんは
まつたく不思議におもはれます
どうしてかわたくしはここらを
der heilige Punkt と
呼びたいやうな気がします

ハイリゲプンクト、神聖な場所です。そしてそういう自問自答を繰り返しながら、賢治の心は次第に高ぶっていきます。
賢治は心に叫びます。

もう決定した　そつちへ行くな
これらはみんなただしくない
いま疲れてかたちを更へたおまへの信仰から
発散して酸えたひかりの澱だ

つまり、そういった幻想にとらわれて、その幻想の方に引かれていこうとする自分の心は、酸えた光の澱《おり》のようなものだ、そっちへ行くな、と。

　ちひさな自分を劃ることのできない
　この不可思議な大きな心象宙宇のなかで
もしも正しいねがひに燃えて
じぶんとひとと万象といつしよに
至上福祉にいたらうとする
それをある宗教情操とするならば
そのねがひから砕けまたは疲れ
じぶんとそれからたつたもひとつのたましひと
完全そして永久にどこまでもいつしよに行かうとする
この変態を恋愛といふ
そしてどこまでもその方向では
決して求め得られないその恋愛の本質的な部分を
むりにもごまかし求め得ようとする
この傾向を性慾といふ

人間の欲望にはこういった三つの段階がある。しかし、その中のどれが正しいとか、どれが間違っているとか、どれが余計だとか、どれが乗り越えなくてはいけないとか、そういうことはないのだ、と。

すべてこれら漸移のなかのさまざまな過程に従って
さまざまな眼に見えまた見えない生物の種類がある
この命題は可逆的にもまた正しく
わたくしにはあんまり恐ろしいことだ
けれどもいくら恐ろしいといつても
それがほんたうならしかたない

性欲もあり、争うこともあり、落ち込むこともあり、幻想に頼ることもあり、信仰に逃げようとすることも、そうではいけないとする自分もあり、いろいろな自分がいるけれど、それはそれでいいのだと。それが本当なら仕方がないのだと。ありのままの自分を受け入れよう。

2/14 小岩井農場

青春の勝利宣言

そして、長い五九一行のこの長篇詩は最後の一行に向かってこれからクレッシェンドに収《しゅう》斂《れん》していきます。

さあはつきり眼をあいてたれにも見え
明確に物理学の法則にしたがふ
これら実在の現象のなかから
あたらしくまつすぐに起て
明るい雨がこんなにたのしくそそぐのに
馬車が行く　馬はぬれて黒い
ひとはくるまに立つて行く
もうけつしてさびしくはない
なんべんさびしくないと云つたとこで
またさびしくなるのはきまつてゐる
けれどもここはこれでいいのだ

すべてさびしさと悲傷とを焚いて
ひとは透明な軌道をすすむ
ラリックス　ラリックス　いよいよ青く
雲はますます縮れてひかり
わたくしはかっきりみちをまがる

（一九二三、五、二一）

賢治は、長い一日のさすらいをへて、今「わたくしはかっきりみちをまがる」ということができたのです。

私はこの数行を青年賢治の四年間の長い苦悩の後の、人間としての青春の勝利宣言だととらえています。

小岩井農場という詩、どんなに冗長で分からない部分を含んでいても、それは全部賢治にとっては「かつきりみちをまがる」ために必要な自問自答だったのでしょう。

これだけぶつぶつぶつつぶやいて、これだけ表現して自問自答を繰り返して、時には自分を叱り、自分に怒鳴りつけ、あるいは言葉を荒げ、そういう一日の自分との精神的なたたかいを経てその最後の最後に「けれどもわたしはさびしくない」と。

「何べんさびしくないといったってさびしくなるのはきまっている」。しかし、それはそれでいいんだと。すべての人は淋しさと悲しみを抱いて透明な軌道を行くのだと。

ラリックス　ラリックス　いよいよ青く
雲はますます縮れてひかり
わたくしはかつきりみちをまがる

こういう勝利宣言を残してこの長い「小岩井農場」は終わります。
最後の「わたくしはかつきりみちをまがる」――この宣言が宮沢賢治を宮沢賢治にしました。つまり誰彼となく信仰を強要して、自分自身を狭い世界に追い込んでいたあの狂信的な賢治から、広い人間愛と寛容と、いろいろな信仰に対する許容の心を持った、そしてやがては社会主義にも接近していく。そういう人々の本当の幸いを追い求めようとする、まさに宮沢賢治の新たな誕生です。私は、これが「かつきりみちをまがる」という意味だったのではないかなと思っているのです。

第四章　小さな生命へ
――みんなむかしからのきょうだいなのだから

「みんなむかしからのきょうだいなのだから」。賢治はよくこの言葉を使いました。亡くなった最愛の妹トシの死を悼んで作られた「青森挽歌」の中によくこの言葉が使われています。

どんな命もいとおしむ

賢治は、一九二三年七月三一日から八月の一二日まで、花巻を発って青森、北海道、宗谷そしてさらに樺太《からふと》、今のサハリンへ渡る人生最大の旅をします。旅の目的は教え子の就職を王子製紙に頼むというものでした。もう一つの目的は亡くなった妹トシの面影を探す旅、トシへの鎮魂でした。旅の途中、トシのことを思いながら、こんなにトシのことばかり考えていていいのか、そしてまた、トシがいつまでもどこかで生きているなどという、あり得ない幻想にいつまでもしがみついていていいのか、そんな揺れ動く自分を抱えながらの旅でした。第八章で詳しく述べます。

そしてその旅の後には、「こういうさびしものを死というのだ」といってトシの死を受け入れ、悲しみがさらにいっそう賢治の心を深くし、文学を豊かにする糧になっていきました。

そういう旅の中でつくられた、最初の挽歌である「青森挽歌」。

これは心の激しい葛藤を映したすさまじい挽歌ですけれど、この最後の方にも「みんなむかしからのきょうだいなのだから」が出てきます。あまりにもトシのことばかりを思い続けている自分を反省するかのように「私はそうはしませんでした」と言って、次のように書いています。

《みんなむかしからのきやうだいなのだから
　けつしてひとりをいのつてはいけない》
ああ　わたくしはけつしてさうしませんでした
あいつがなくなつてからあとのよるひる
わたくしはただの一どたりと
あいつだけがいいとこに行けばいいと
さういのりはしなかつたとおもひます

（一九二三、八、一）

これは賢治の思想の根本を言い表した言葉だと思います。さらに賢治の場合、「みんな」とは人間だけのことではありませんでした。どんな生命でも、みんなむかしからこの銀河系の中に生を得ている兄弟なのだという思想、これは生物進化が明らかにした科学的な知見、あるいは宇宙の生成史の事実とも一致していることです。あらゆる生命はみんなむかしから兄弟なのだ、ここに生命をいとおしむ賢治文学の根本があった、と私は思います。

賢治の短編の中に、あまり知られていない作品ですが「手紙」という四つの短編がありますす。

「手紙一」は生命を終えようとしている龍が、自分が犠牲にしてきた多数の虫たちや、生き物たちに、最後に自分の体を横たえて、その虫やけものたちの食べ物にするという話です。

「手紙二」はいやしい売春婦という仕事ではあるけれど、どんな人にも誠意を尽くして務める、その誠意がやがて奇跡を生み出すという内容です。

「手紙三」はちょっと趣《おもむき》が変わって顕微鏡を例にとって、顕微鏡でも見えない世界があるが、心を修めた人にはそれが見えるのだという、仏教の悟りを解き明かした短編です。

そして、「手紙四」がチュンセ、ポーセという兄妹の物語です。

ポーセはいつもチュンセにいじめられています。ポーセはあるとき病気になってしまいます。チュンセは病気になった妹を悲しんで「何でも呉《く》れてやるぜ。」と言うのですが、ポーセは何も言いません。チョンセが「雨雪とつて来てやろか。」と言うと、ポーセは「うん。」と答え、雨雪を食べた後、ポーセは死んでしまいます。このあたりは「永訣の朝」という詩にも、後になって写しだされているところです。

そして、春になってチュンセが畑を耕して、キャベツの種をまく床を作っていたら、緑色の小さな蛙がいて、チュンセは「こんなものつぶしてしまえ」と言って殺してしまう。そして、夢の中でチュンセはポーセが現れるのを見るのです。

「どうして私の緑のおべべを引き裂いたの」と言うポーセ。

チュンセはそれが妹のポーセだったということを知ります。そういう哀しい物語を書きながら、物語は「どなたかポーセをしりませんか」という筋書きで結ばれていきます。

そして、その時にこの物語に出てくる「ある人」が言います。

「お前はポーセだけを探してもだめだ」と。

「みんなの幸いを願うがいい、みんなむかしからのきょうだいなのだから」とチュンセに諭すという物語です。

「みんなむかしからのきょうだいなのだから」という言葉が賢治の生命観の根本にある言葉でした。だから賢治は命の連鎖、ある命が永らえていくためには、他の命をいただかなければならない、犠牲にしなければならない。そしてまた、他の者のために犠牲になることによって自分の命を全うする、そういう命もある、そういう命の連鎖を否定はしませんでした。しかし、そういう命の連鎖の中に、命の根本にもっている哀しさをいつも見つめていました。
ですから、どんな命に対しても「みんなむかしからのきょうだいなのだ」と、いとおしむ目を注がなければならない、それが賢治の根本的な生命観でした。

小さな生命に寄せる詩「蠕虫舞手」

そういう賢治が、小さな生命に寄せた詩を二つ紹介したいと思います。
一つは「わたくしの汲《く》みあげるバケツが」という詩です。

一〇一五　〔わたくしの汲みあげるバケツが〕

一九二七、三、二三、

わたくしの汲みあげるバケツが
井戸の中の扁菱形の影の中から
たくさんの気泡と
うららかな波をたゝへて

いまアムバアの光のなかにでてくると
そこにひとひらの
――なまめかしい貝――
――ヘリクリサムの花冠――
一ぴきの蛾が落ちてゐる
なめらかに強い水の表面張力から
蛾はいま溺れようとする
わたくしはこの早い春への突進者を
温んでひかる気海のなかへ掬ひだしてやらう
ほう早くも小さな水けむり
イリデスセンス
春の蛾は水を叩きつけて
　　　　飛び立つ
　　　飛び立つ
　　飛び立つ
　Zigzag steerer, desert cheerer.
いまその林の茶褐色の房と

不定形な雲の間を航行する

　ある朝、バケツで水を汲みあげたこの扁菱形《へんりょうけい》の井戸は、「雨ニモマケズ」の詩碑が建っている、旧羅須地人協会《らすちじん》跡に今でも賢治の井戸として残されています。井戸から水を汲みあげようとすると、琥珀《こはく》色の光の中から、なまめかしい貝、あるいはヘリクリサムの花冠のようなものがそこに落ちている。ヘリクリサムというのは麦わら菊のことです。それは一匹の蛾《が》であった。蛾は今溺《おぼ》れようとしている。そうだ、私はこの早い春への突進者を温んで光る気海の中へ掬《すく》いだしてやろう。イリデスセンスというのは鉱物が虹色に輝く光学現象、よく鮑《あわび》などの貝が七色に光ることがありますが、そういう七色の光を放って、春の蛾は水を叩きつけて飛び立っていく。視覚的にも効果があるように、下から順に段差を付けて飛び立つ様子を表現しています。

　おう、ジグザグ　スティーラー　ジグザグに飛んでいくものよ、私はさびしい応援者だ、今、水から力強く飛び立った一匹の蛾は林の方に航行していった、という詩です。

　おそらく宮沢賢治しか、こういう詩は書けないのではないでしょうか。一匹の蛾という小さな命、それもむかしからのきょうだいだと。こういう命へのいとおしみ、それをこういった詩の中からも汲んでいきたいものです。

　みんなむかしからのきょうだいなのだからといって、ありとあらゆる命と兄弟なのだという命へのいとおしみを様々に語った賢治ですが、ここでは蛾を助ける詩となりました。

もう一つはぼうふらです。ぼうふらにこれだけの愛情を注いで詠まれた詩は、おそらく世界でもこれだけだろうと思うんです。

タイトルは「蠕虫舞手《アンネリダタンツエーリン》」。これにはアンネリダタンツェーリンというドイツ語の振り仮名がついています。タンツェーリンというのは、タンツァーが男性ですからタンツェーリンは女性の舞手ということです。つまり、ぼうふらの踊り子たちの詩なのです。

蠕虫舞手《アンネリダタンツエーリン》

（えゝ　水ゾルですよ
おぼろな寒天《アガア》の液ですよ）
日は黄金《きん》の薔薇
赤いちひさな蠕虫《ぜんちゆう》が
水とひかりをからだにまとひ
ひとりでをどりをやつてゐる
（えゝ　8《エイト》　γ《ガムマア》　e《イー》　6《スイツクス》　α《アルフア》

ことにもアラベスクの飾り文字）
羽むしの死骸
いちゐのかれ葉
真珠の泡に
ちぎれたこけの花軸など
（ナチラナトラのひいさまは
いまみづ底のみかげのうへに
黄いろなかげとおふたりで
せつかくをどつてゐられます
い、え　けれども　すぐでせう
まもなく浮いておいでゞせう）
赤い蠕虫舞手《アンネリダタンツエーリン》は
とがつた二つの耳をもち
燐光珊瑚の環節に
正しく飾る真珠のぼたん
くるりくるりと廻つてゐます
（え、　8《エイト》　γ《ガムマア》　e《イー》　6《スイックス》　α《アルファ》

　ことにもアラベスクの飾り文字）
背中きらきら燦《かがや》いて
ちからいつぱいまはりはするが
真珠もじつはまがひもの
ガラスどころか空気だま
（いゝえ　それでも
エイト　ガムマア　イー　スイツクス　アルファ
　ことにもアラベスクの飾り文字）
水晶体や鞏膜《きようまく》の
オペラグラスにのぞかれて
をどつてゐるといはれても
真珠の泡を苦にするのなら
おまへもさつぱりらくぢやない
　それに日が雲に入つたし
わたしは石に座つてしびれが切れたし
水底の黒い木片は毛虫か海鼠《なまこ》のやうだしさ
それに第一おまへのかたちは見えないし

ほんとに溶けてしまつたのやら
それともみんなはじめから
おぼろに青い夢だやら
（いゝえ　あすこにおいでです　おいでです
ひいさま　いらつしやいます
8《エイト》　γ《ガムマア》　e《イー》　6《スイックス》　α《アルファ》
ことにもアラベスクの飾り文字）
ふん　水はおぼろで
ひかりは惑ひ
虫は　エイト　ガムマア　イー　スイックス　アルファ
ことにもアラベスクの飾り文字かい
ハツハツハ
（はい　まつたくそれにちがひません
エイト　ガムマア　イー　スイックス　アルファ
ことにもアラベスクの飾り文字）

（一九二二、五、二〇）

ユーモアを交じえたおもしろい詩です。ぼうふらが水槽で浮いたり沈んだりしている姿は、私は子どものころは毎日のように見ていました。そして浮いているぼうふらを、表面を叩いて沈めたりして遊んだものです。

そのぼうふらが、水の中で浮いたり沈んだりしている様子を、賢治はギリシャ文字の姿で表現しているのです。ことに、「アラベスクの飾り文字」、アラビア風のギリシャ文字の飾り文字だと。

エイト、これは数字の8です。ガンマーとイー、これはギリシャ文字。スイックスも数字の6です。アルファはギリシャ文字のαです。

そしてこのぼうふらは「とがった二つの耳をもち」と、これもよく観察しています。確かにぼうふらの頭の所には二つのとんがった突起があります。そしてぼうふらは水の表面で呼吸しますから、その時に一緒に水中に持っていった小さな気泡をつけていることが確かにあります。

それが真珠の玉。だけど本当は空気の玉なんだよ、と、ちょっとユーモラスに言ってます。「ナチラナトラのひいさま」の「ナチラナトラ」は賢治の造語ですけれど、ネイチャー＝自然の中のお姫さまというような意味ではないでしょうか。

また、人間の目の事を、水晶体や鞏膜のオペラグラスなんて、もったいぶった言い方をしてますが、人間の目に見られても一生懸命踊っているぼうふらたちの健気な姿、そういうぼうふらの踊り子たちを歌っているユーモラスで、しかも心優しい詩です。

命あるものへのいたわりとか、命あるものへの優しさとか、そんなものを感じながら生きる幸せ、そういう感性を持てる幸せのようなものを、この詩から感じることができるのではないでしょうか。

実は、この詩を大変愛した人がいます。それはいわさきちひろです。ある時、ちひろの長男である松本猛さんとの対談の中で、ちひろさんの思い出をいろいろ伺いました。対談のあと、猛さんもお酒が好きなので、ワインを飲みながらいろいろちひろさんの事を聞きました。その時に小さい猛さんにも耳にこびりつくほど覚えている不思議な言葉があったというのです。

それが、「エイト、ガンマア、イー、スイックス、アルファ」でした。

ちひろさんが野原なんか歩いている時に、ちょっとスキップなどを踏みながら「エイト、ガンマー、イー、スイックス、アルファ」なんて言いながら跳ねている、そういう姿をよく見たというのです。何だかわからなかったけど、後になってみたらこの「孀虫舞手」の中のぼうふらの姿だったとわかったそうです。おそらくちひろさんの感性にもこの歌は響いて、時々、暗唱したくなったのではないでしょうか。

第五章　早春の賦

――春の訪れを告げる美しい三篇の詩

ここでは、賢治が残した美しい早春賦三篇を紹介します。まずは「北上山地の春」です。

これはもうモーツアルト「北上山地の春」

七五　北上山地の春

一九二四、四、二〇、

1

雪沓とジュートの脚絆
白樺は焔をあげて

熱く酸っぱい樹液を噴けば
こどもはとんびの歌をうたって
狸の毛皮を収穫する
打製石斧のかたちした
柱の列は煤でひかり
高くけはしい屋根裏には
いま朝餐の青いけむりがいっぱいで
大迦藍《カセードラル》の穹窿《ドーム》のやうに
一本の光の棒が射してゐる
そのなまめいた光象の底
つめたい春のうまやでは
かれ草や雪の反照
明るい丘の風を恋ひ
馬が蹄をごとごと鳴らす

これは「北上山地の春」の1です。ここでは引用を省かせてもらいますが、2は馬が農家から連れられてきて、高原を通って種馬検査所に引かれていく情景を描いています。

一九二四年四月一九日の夜のことです。賢治はもう農学校の教諭になっていましたが、生徒の農業実習の教材を仕入れるため、外山《そとやま》高原の種馬検査所に行きます。外山高原は盛岡のずっと東のほうにありますが、夕方出かけて夜通し歩いて、そして朝に着きます。

その時の詩が、五つくらいあります。「どろの木の下から」「いま来た角に」「有明」「東の雲ははやくも蜜のいろに燃え」といった詩です。

この時は月夜です。月明かりの下、雪の山道を雪沓《ゆきぐつ》で踏みしめながら歩いて行きます。朝、農家に行くと、たき火をしています。そのたき火のところに雪沓とジュートの脚絆《きゃはん》を干します。脚絆というのは脚に巻くゲートルですね。「北上山地の春」の1では、その農家の朝の情景が詠われています。

だから、谷川徹三さんの編集した岩波文庫版『宮沢賢治詩集』では「ゐろりのはたに人はなく」という一行を、あえて詩の冒頭に入れています。農家のいろりのところに賢治が来て、濡《ぬ》れた雪沓とゲートルを干しているのだが、そのそばには人がいない、ということですが、賢治はそれを消しています。確かに無いほうが、何となく神秘的で面白いのではないでしょうか。いきなり「雪沓とジュートの脚絆／白樺は焔をあげて／熱く酸っぱい樹液を噴けば」と始まる。これは具体的にいうと、たき火に白樺の生木がくべられているのです。

白樺というのは油っぽい木なので、非常によく燃えます。それが焔《ほのお》を上げて燃えている。生木を燃やすと、木の端っこのほうからジュージューと樹液が出てきます。それを言っているのです。ただ、賢治の心の中には、この白樺が外で生えているときに地面から樹液を吸って、それを空へ吹き上げている、そういうイメージが浮かんできます。

「北上山地の春」の2の冒頭には、「やなぎは蜜の花を噴き」という一行があります。木がいろいろなものを噴いているという表現を、賢治はよく使います。ですから、白樺が、「樹液を噴けば」というのも、たき火にくべられた生木がジュージューと樹液を噴いているという即物的な現象だけではない。賢治の頭の中には、地面に生えている白樺が樹液を噴いているというイメージがあったことは間違いないでしょう。

私の一番尊敬する賢治研究者の斎藤文一先生は、『宮沢賢治の春』（国文社）という本の中で、この部分をこう言っています。

「バロック時代のレンブラントらの風景画をも思わせるところがある。しかも賢治のばあい、流動する樹液までも強くとらえられ、そのために『白樺は焔をあげ』ているのを見る。こうなればもうゴッホだ」

つまり、そんなふうに樹液を噴いている、あるいは蜜の花を噴いているといった賢治の木のとらえ方は、もうゴッホだと。例えばゴッホの「糸杉」。天に向かって、糸杉が噴き上がっているような絵があります。賢治の詩は、まさにそうしたゴッホの絵のようだというのです。

斎藤先生がこうおっしゃるなら、私にも一つ考えがあります。よし、三上満も言ってやろうと闘志を燃やしました。

「打製石斧のかたちした～一本の光の棒が射してゐる」のところは、たき火の蒼《あお》い煙が農家の高い屋根いっぱいになって、そこに光が棒のように射している場面です。そして、「そのなまめいた光象の底～馬が蹄をごとごと鳴らす」と。これはもうモーツアルトです。私はそう言いたい。

モーツアルトの最後の歌曲「春への憧れ」は、みなさんもお聞きになったことがあるかもしれません。

一番は「美しい五月よ。小川のほとりにすみれが咲いたら、そぞろ歩きに行こうじゃないか」という内容です。そして二番は、「冬でも結構楽しいよ」と言っています。雪の中をかけまわったり、夜の楽しみもいっぱいある。かるたで家を作ったり、目隠し鬼ごっこをしたり。それから、自由な大地でそり遊びをしたりすることもできると。

三番は「しかし春は違うぞ」というのです。私なりに訳してみましょう。

「でも鳥が鳴き出して、われわれがみんな楽しく愉快になる頃、緑の草原が萌《も》え出す頃になると、それはもう別物だよ」。つまり、冬も楽しいだろうけれど、春になると違うぜ、というのです。そして「私の繋《つな》がれた馬が、まだ隅っこに立っているけれど」とあります。ドイツ語の歌詞の「ステッケンフェルトヘン」は竹馬という意味もあるのですが、実際に繋がれた馬がまだ厩《うまや》の中の隅っこにいる、ということでしょう。そして、もう庭には堆肥がいっぱい積んであって、その前を素通りはできない、もう畑仕事をしたくなっちゃう、繋がれた馬だって、も

う出たくてうずうずしているよと。これがモーツアルトの「春への憧れ」の三番です
これは、「明るい丘の風を恋ひ／馬が蹄をごとごと鳴らす」という賢治の詩と、そっくりではないでしょうか。斎藤文一先生が「もうゴッホだ」とおっしゃるなら、私が「こうなると、もうモーツアルトだ」といった意味がわかってもらえたでしょうか。
「北上山地の春」の2も、とても素敵です。これは読者のみなさんご自身で、ぜひ読んでみてください。

優しい気持ちに溢れた「曠原淑女」

次は、早春賦の名詩「曠原淑女」です。

これは「日脚がぼうとひろがれば」という詩の先駆形ですが、こちらの先駆形のほうが有名です。

九三　曠原淑女

一九二四、五、八、

日ざしがほのかに降ってくれば

またうらぶれの凬も吹く
にはとこやぶのうしろから
二人のをんながのぼって来る
けらを着　粗い縄をまとひ
萱草の花のやうにわらひながら
ゆっくりふたりがすすんでくる
その蓋のついた小さな手桶は
今日ははたけへのみ水を入れて来たのだ
今日でない日は青いつるつるの蓴菜を入れ
欠けた朱塗の椀をうかべて
朝の爽かなうちに町へ売りにも来たりする
鍬を二梃たゞしくけらにしばりつけてゐるので
曠原の淑女よ
あなたがたはウクライナの
舞手のやうに見える
　……凬よたのしいおまへのことばを
　　もっとはっきり

この人たちにきこえるやうに云ってくれ
……

とても素敵ですね。女性が鍬を二梃もしばりつけて仕事に行く、その姿がウクライナのコサックの民族衣装を着た踊り子のようにみえるというのです。それが「曠原淑女」です。その女性たちに、「風よたのしいおまへのことばを／もっとはっきり／この人たちにきこえるやうに云ってくれ」と、語りかけているのです。優しい気持ちに溢れた詩です。

まさに名詩中の名詩「早春独白」

最後は、もう名詩中の名詩、私が賢治の詩の中で最も美しい詩だと思っている「早春独白」です。

二五　早春独白

一九二四、三、三〇、

黒髪もぬれ荷縄もぬれて

やうやくあなたが車室に来れば
ひるの電燈は雪ぞらにつき
窓のガラスはぼんやり湯気に曇ります
……青じろい磐のあかりと
　暗んで過ぎるひばのむら……
身丈にちかい木炭《すみ》すごを
地蔵菩薩の龕《がん》かなにかのやうに負ひ
山の襞もけぶってならび
堰堤《ダム》もごうごう激してゐた
あの山岨のみぞれのみちを
あなたがひとり走ってきて
この町行きの貨物電車にすがったとき
その木炭《すみ》すごの萱の根は
秋のしぐれのなかのやう
もいちど紅く燃えたのでした
……雨はすきとほってまっすぐに降り
　雪はしづかに舞ひおりる

妖《あや》しい春のみぞれです……
みぞれにぬれてつつましやかにあなたが立てば
ひるの電燈は雪ぞらに燃え
ぼんやり曇る窓のこっちで
あなたは赤い捺染ネルの一きれを
エヂプト風にかつぎにします
……氷期の巨きな吹雪の裔《すゑ》は
ときどき町の瓦斯燈を侵して
その住人を沈静にした……
わたくしの黒いしゃっぽから
つめたくあかるい雫が降り
どんよりよどんだ雪ぐもの下に
黄いろなあかりを点じながら
電車はいっさんにはしります

この情景は、何も説明しなくてもわかります。電車に乗っていたら、女性が乗り込んできて一緒になった。それだけです。ドラマチックなことがあるわけでもなんでもない。ただ、その女性を見る眼差しに、賢治ならではのものがあります。

山の奥の女性ですから、そこに萱《かや》場で萱を刈って木炭すご、つまり炭俵を作ります。その炭俵を街の炭屋に売りに行くのです。

俵は、たたむととても薄くなります。それを一〇〇枚くらい重ねて背負子《しょいこ》で背負う。その姿が地蔵菩薩の龕を背負っているように見えるというのです。龕は、仏像を安置するための入れ物のことです。お地蔵さんや観音さんを箱に入れて、あちらこちら引き回す村もあります。そして、その女性が赤い捺染《なっせん》ネルのひときれをエジプト風に、かつぎにしている。そうした女性と一緒に乗ったという、それだけの情景を、賢治はこんなに美しい詩にしてしまう。詩人とはそういうものです。

「この町行きの貨物電車にすがったとき～もいちど紅く燃えたのでした」のところは、できたばかりの炭俵ですから、萱の紅い根っこがついています。車内に立ち込める湯気の中で、その根っこをふっと見ると、ぼっと紅く燃えるのです。ちょうど秋の時雨の中で、山に紅葉が一点、紅く見える。そのように見えたのでしょう。早春なのに、なぜ秋の時雨なのかと思いますが、賢治の心の中にはそうしたつながりがあって、この詩が生まれました。まさに名詩中の名詩と言ってもいいのではないでしょうか。

第六章　岩手軽便鉄道をうたう

――ユーモア溢れる楽しい詩

次は、「岩手軽便鉄道をうたう」です。

賢治が親しんだ岩手軽便鉄道は、現在のＪＲ東日本・釜石線の前身です。当時は、花巻から出て市内を真っ直ぐに、それこそ農学校の前を通ってまっすぐ進み、北上川を渡り、猿ヶ石《さるがいし》川沿いに遠野まで行きます。遠野を越えて仙人峠まで行って、仙人峠からその先の大橋までは徒歩で越える。荷物用のケーブルカーだけはあったそうです。そして、大橋から釜石まで行きます。鉄鉱石を釜石に運ぶほうが大切だったので、釜石・大橋間を最初に作りました。次に、花巻・遠野間ができ、つなげてしまえというので、遠野・仙人峠間ができました。今はこの仙人峠も鉄道で越えられますが、賢治の時代は仙人峠まで来て、徒歩で峠越えをして大橋まで行って、釜石に入りました。

賢治の詩の中に出てくる阿原《あばら》峠や江刺堺、種山ヶ原《たねやまがはら》は、だいたいこのあたりに位置しています。ちょうど「イギリス海岸」のところで、軽便鉄道は北上川を渡っていきます。

色彩のスペクトル「冬と銀河ステーション」

それでは、最初に「冬と銀河ステーション」です。

冬と銀河ステーション

そらにはちりのやうに小鳥がとび
かげろふや青いギリシヤ文字は
せはしく野はらの雪に燃えます
パツセン大街道のひのきからは
凍つたしづくが燦々《さんさん》と降り
銀河ステーションの遠方シグナルも
けさはまつ赤に澱《かし》んでゐます
川はどんどん氷《ザエ》を流してゐるのに

みんなは生《なま》ゴムの長靴をはき
狐や犬の毛皮を着て
陶器の露店をひやかしたり
ぶらさがつた章魚《たこ》を品さだめしたりする
あのにぎやかな土沢の冬の市日《いちび》です
（はんの木とまばゆい雲のアルコホル
あすこにやどりぎの黄金のゴールが
さめざめとしてひかつてもいい）
あ、　Josef Pasternack の指揮する
この冬の銀河軽便鉄道は
幾重のあえかな氷をくぐり
（でんしんばしらの赤い碍子と松の森）
にせものの金のメタルをぶらさげて
茶いろの瞳をりんと張り
つめたく青らむ天椀の下
うららかな雪の台地を急ぐもの
（窓のガラスの氷の羊歯は

だんだん白い湯気にかはる)
パッセン大街道のひのきから
しづくは燃えていちめんに降り
はねあがる青い枝や
紅玉やトパースまたいろいろのスペクトルや
もうまるで市場のやうな盛んな取引です

(一九二三、一二、一〇)

詩集『春と修羅』の最後の詩です。軽便鉄道の沿線に土沢《つちざわ》という街がありますが、冬には正月用品などを売る市が立ちます。そこでは、よくタコがぶらさがっている。この地方の人たちが、お正月によく食べるのです。それをお客がひやかしたりする盛んな市の模様が、詩に描かれています。この土沢の冬の市は最近、地元のかたの努力で復活しています。

賢治の中で、銀河鉄道、銀河ステーションといったイメージは、この「冬と銀河ステーション」で最初に登場します。「銀河鉄道の夜」そのものを書き出すのは、一九二四年くらいからですが、その前に「銀河ステーション」というイメージが、土沢の駅に行って、そこにすうっと岩手軽便鉄道が入ってきたときに生まれました。しかもにせものの金メダルをぶらさげて、茶いろの瞳をりんと張っている、その様子はまるでジョセフ・パステルナックが指揮する交響曲のようだと。パステルナックはポーランド出身のアメリカで活躍した指揮者です。
この銀河鉄道とちょうど同じようなイメージが、実は「シグナルとシグナレス」という賢治の童話の中にある歌にも出てきます。それも、ちょうどこのあたりを描いています。

『ガタンコガタンコ、シユウフツフツ、
さそりの赤眼《あかめ》が　見えたころ、
四時から今朝《けさ》も　やつて来た。
遠野の盆地は　まつくらで、
つめたい水の　声ばかり。
ガタンコガタンコ、シユウフツフツ、
凍えた砂利に　湯気を吐き、
火花を闇《やみ》に　まきながら、
蛇紋岩《さあぺんていん》の　崖《がけ》に来て、
やつと東が　燃え出した。
ガタンコガタンコ、シユウフツフツ、
鳥がなき出し、木は光り、
青々川は、ながれたが、

丘もはざまも　いちめんに、
まぶしい霜を　載《の》せてゐた。
ガタンコガタンコ、シユウフツフツ、
やつぱりかけると　あつたかだ。
僕はほうほう　汗が出る。
もう七八里　はせたいな、
今日も、一日　霜ぐもり。
ガタンガタン、ギー、シユウシユウ』

最後は、遠野からやってきた列車が、花巻駅に着いたところです。駅に着いて「ガタンガタン、ギー、シユウシユウ」と。

今、この軽便鉄道はJR釜石線になっています。私もよく釜石線を使って旅をしました。釜石線の駅には全部、エスペラントのニックネームがついています。新花巻はステラーロ（星座という意味）、土沢はブリーラ・リヴェーロ（光る川）。花巻の次に似内《にたない》という内陸の駅があるのですが、そこはラ・マールボルドで海岸という意味です。内陸の駅になぜ海岸というニックネームがついたのか。おわかりですね。これは、「イギリス海岸」に近いからです。

「冬と銀河ステーション」の一番の特徴は、なんといっても色。色の豊富さ、トパーズやら

花巻城より

色彩のスペクトルです。冬の雪の中に、鉄道と市場の人だかりと、田んぼと。そして、鳥がちりのように飛んで、かげろうが青いギリシャ文字です。賢治は勝手に名前を付けてしまいますが、パッセン大街道は釜石街道のことです。

木の名づけ方が面白い

岩手軽便鉄道をうたった、もう二つの詩がありますので、読んでみましょう。

四〇三　岩手軽便鉄道の一月

一九二六、一、一七、

ぴかぴかぴかぴか田圃の雪がひかってくる
河岸の樹がみなまっ白に凍ってゐる
うしろは河がうららかな火や氷を載せて
ぼんやり南へすべってゐる
よう　くるみの木　ジュグランダー　鏡を吊し
よう　かはやなぎ　サリックスランダー　鏡を吊し

はんのき　アルヌスランダー　鏡鏡鏡鏡をつるし
からまつ　ラリクスランダー　鏡をつるし
グランド電柱　フサランダー　鏡をつるし
さはぐるみ　ジュグランダー　鏡を吊し
桑の木　モルスランダー　鏡を……
ははは　汽車《こっち》がたうとうなゝめに列をよこぎったので
桑の氷華はふさふさ風にひかって落ちる

まさに冬の岩手軽便鉄道の風景です。「河岸の樹がみなまっ白に凍ってゐる／うしろは河がうららか」に流れると。この河は猿ヶ石川で、早池峰山《はやちねさん》から流れてきて、遠野で大きく西へ向きを変えて北上川に合流する。花巻の「イギリス海岸」のところが合流地点になっています。

この詩の特徴は、木に勝手に名前をつけるところです。私が調べたところによると、くるみの木は学名でジュグランドアケアといいます。それをジュグランダーにしてしまう。ついでにランダーをみんな付けてしまえと。柳はサリックスなのでサリックスランダー、からまつはラリクスなのでラリクスランダーとか。植物でもない電柱にも勝手に名前をつけようとフサランダー。なんでフサなのかわかりません。軽騎兵のことをフザーといい、そこから来ているという人もいますが、よくわかりません。桑の木はモルスでモルスランダーです。

しかも、みんな小さな氷の鏡をぶらさげているのです。だから、「鏡をつるし」と。はんのき、アルヌスランダーなどは鏡一個じゃ間に合わない。これは、なんて読むのでしょうか。「鏡四つ」と読むのか、「鏡鏡鏡鏡」と読むのか。視覚的にも、いっぱい鏡をつるしていることがわかります。

そして「ははは」。こちら、つまり汽車がその中を横切ったので、桑の氷華はふさふさ風に光って落っこちていると、そんな風に言っているわけです。非常に面白い、賢治らしいユーモアたっぷりの詩です。

ジャズのリズムを楽しむ

もっと愉快なのが「ジャズ」です。

三六九　岩手軽便鉄道　七月（ジャズ）

一九二五、七、一九、

ぎざぎざの斑糲岩の岨づたひ
膠質のつめたい波をながす

北上第七支流の岸を
せはしく顫へたびたびひどくはねあがり
まっしぐらに西の野原に奔けおりる
岩手軽便鉄道の
今日の終りの列車である
ことさらにまぶしさうな眼つきをして
夏らしいラヴスィンをつくらうが
うつうつとしてイリドスミンの鉱床などを考へようが
木影もすべり
種山あたり雷の微塵をかがやかし
列車はごうごう走ってゆく
おほまつよひぐさの群落や
イリスの青い火のなかを
狂気のやうに踊りながら
第三紀末の紅い巨礫層の截り割りでも
ディアラヂットの崖みちでも
一つや二つ岩が線路にこぼれてようと

積雲が灼けようと崩れようと
こちらは全線の終列車
シグナルもタブレットもあったもんでなく
とび乗りのできないやつは乗せないし
とび降りぐらゐやれないものは
もうどこまででも連れて行って
北極あたりの大避暑市でおろしたり
銀河の発電所や西のちぢれた鉛の雲の鉱山あたり
ふしぎな仕事に案内したり
谷間の風も白い火花もごっちゃごちゃ
接吻《キス》をしようと詐欺をやらうと
ごとごとぶるぶるゆれて顫へる窓の玻璃《ガラス》
二町五町の山ばたも
壊れかかった香魚《あゆ》やなも
どんどんうしろへ飛ばしてしまって
ただ一さんに野原をさしてかけおりる
　本社の西行各列車は

運行敢て軌によらざれば
振動けだし常ならず
されどまたよく鬱血をもみさげ
……Prrrrr　Pirr！……
心肝をもみほごすが故に
のぼせ性こり性の人に効あり
さうだやっぱりイリドスミンや白金鉱区《やま》の目論見は
鉱染よりは砂鉱の方でたてるのだった
それとももいちど阿原峠や江刺堺を洗ってみるか
いいやあっちは到底おれの根気の外だと考へようが
恋はやさし野べの花よ
一生わたくしかはりませんと
騎士の誓約強いベースで鳴りひびかうが
そいつもこいつもみんな地塊の夏の泡
いるかのやうに踊りながらはねあがりながら
もう積雲の焦げたトンネルも通り抜け
緑青を吐く松の林も

続々うしろへたたんでしまって
なほいっしんに野原をさしてかけおりる
わが親愛なる布佐機関手が運転する
岩手軽便鉄道の
最後の下り列車である

この詩は、文句なしに楽しい。こんな楽しい詩は、ちょっと他にないのではないかと思います。途中で岩手軽便鉄道会社の自社宣伝の広告文が出てきたり。この広告文が傑作です。この電車は線路を走っているわけではないのでガタガタゆれるが、それが血のめぐりをよくするんだぞ、なんてことを言います。途中では、その当時はやっていた浅草オペラの田谷力三《たやりきぞう》の「恋はやさし野べの花よ」も出てきます。

イリドスミンとかディアラヂットとか、いろいろ出てきますが、要するに鉱物のことです。どういう色のどういう鉱物かなど、あまり詮索しないほうがいい。賢治が狙ったのも、詩としてのジャズのリズム、音感ではないかと思います。それを素直に楽しめばいいでしょう。

そして、壊れかかった香魚やなも後ろへ飛ばして、どんどん西の野原へ駆け下りていく。この列車は遠野発・花巻行です。花巻のほうが都会で大きいから、鉄道の常識からいえば、本当は上り列車のはずです。

ただ、地形的にみると、猿ヶ石川は北上川の本流のほうへ下っていきますから、どうしても上り列車というわけにはいかなかったのではないでしょうか。それで、賢治は勝手にそれを下り列車にしてしまいました。ですから、最後の下り列車であると。

「わが親愛なる布佐機関手が運転する」とあります。布佐機関手という人が、どういう人なのかを調べている人もいるみたいですが、よくわからないようです。ただ、岩手軽便鉄道には、日本労働組合評議会系のしっかりした闘う労働組合がありました。これが後に、いわゆる労働農民党の活動家たちになって、一九二八年「三・一五」の大弾圧で捕まってしまいます。おそらく、布佐機関手というのも、そうした活動家の一人ではなかったかと思ったりもします。

「シグナルもタブレットもあったもんでなく」、つまり信号に関係なくどんどん走っていくというのですから、これは困ったことですね。

私は、軽便鉄道に沿って歩いたことがあります。宮守というところに鉄道橋があります。いまは土木遺産になっています。そこをずっと通っていくと、トンネルがあります。当時からあったトンネルです。

いまでも軽便鉄道の橋桁が何本か残っています。私がそこを通ろうとしたら、ちょうど列車が来ました。私のすぐ横のところで「Prrrrr　Pirr !」と汽笛を鳴らしました。そのとき、この詩を思い出しました。

岩手軽便鉄道のことは、賢治の他の作品にも、いろいろ出てきます。たとえば「猫の事務所」という作品の中にも「軽便鉄道の停車場のちかくに、猫の第六事務所がありました。ここは主に、猫の歴史と地理をしらべるところでした」とあります。

それから「シグナルとシグナレス」には「軽便鉄道の東からの一番列車が少しあわてたやうにかう歌ひながらやつて来てとまりました」とあります。その歌が、さきほど紹介した「ガタンコガタンコ、シユウフツフツ」です。

賢治の家からは、ちょっと見上げると軽便鉄道が走っているのが見えます。花巻から今の花巻病院や鳥谷崎《とやがさき》神社の前を通っていましたから。賢治としては非常に親しみのある軽便鉄道だったのです。

第七章　風が吹くと　風が吹くと

――賢治と風たち

私が風の詩人と名付けた人が二人いました。一人は立原道造で、もう一人は言うまでもなく宮沢賢治です。

立原道造は賢治より少し後の時代の詩人で、一九三九年にわずか二四歳で夭折《ようせつ》しています。立原は文字通り稀《まれ》にみる風の詩人でした。風というタイトルをもった詩もたくさんあります。

立原道造との接点

「風に寄せて」「風のうたつた歌」「風と枯木の歌」その他の詩にも風というタイトルが使われ、たくさんの詩の中に風が歌いこまれています。

「軽やかな翼ある風の歌」という作品もあります。これは風になりたかった青年が風の精である少女と接吻をして風になる、そして、風としての様々な体験や、人間への懐かしさや憧れ等々を経験しながら、最後には風の精と結ばれるという物語風の作品です。ファンタジックで、しかし同時に風を通して人間の在り方を問うた、哲学的な作品でもあります。透明で美しい立原の風を一つだけ味わってみましょう。

風のうたつた歌

その三

一せいに声を揃へた林の上に
私はひとり大きな声でうたつてゐる
すると枯木がついて来る

私はうたつてゐる　夏や秋を
枯木が答へる　私はまたうたふ……
樫のヴアイオリンは調子はづれだ

やがて長い沈黙が私に深くはひつて来る
うつとりとして思ひ出す
音楽のなかの日没　過ぎた一日
私は支へられてしづかに歩み出す

（『立原道造詩集』杉浦明平編、岩波文庫）

風が林や野原の上で歌っている、そういう詩です。

また、賢治との思わぬ接点もありました。一九三八年九月、立原はかつてから知己だった深《ふか》沢省三《ざわしょうぞう》、深沢紅子《こうこ》の招きで盛岡に滞在しました。深沢紅子は盛岡在住の画家で、その記念館である「野の花美術館」が盛岡に建っています。立原は滞在中に盛岡日記を書いています。それを読むと、その頃ようやくブームになりかけてきた賢治の作品や賢治への傾倒ぶりをみての、苦々しい思いなども書いています。確かに立原と賢治では体質的にはあわなかったのかもしれません。

立原の詩の中の風はどことなく「風というもの」という感じです。それに対して賢治の風は「風というもの」ではなくて、リアルで生き生きとした「風そのもの」です。

賢治は様々な詩や作品を通して風をうたい、また四季折々の風を直に感じながら生きた人です。

「風の又三郎」の中のあの「谷川の岸」にある小学校の校庭に吹く小さなつむじ風、九月一日の大空をどうと吹いていく風、嵐の後のよどんだ霧をはるかに遠くへ運ぶ風。

賢治の童話の中には素晴らしい風の表現があります。たとえば「風が来たので鈴蘭は、葉や花を互にぶっつけて、しゃりんしゃりんと鳴りました」（貝の火）とか、「奇麗なすきとほった風がやって参りました。まづ向ふのポプラをひるがへし、青の燕麦《オート》に波をたてそれから丘にのぼって来ました」（おきなぐさ）といったように。

「おきなぐさ」という作品は風のオンパレードです。大空からおりてきたひばりにおきなぐさが話しかけます。

「今日なんか高いとこは風が強いでせうね」。ひばりが答えます。「え、、ひどい風ですよ。大きく口をあくと風が僕《ぼく》のからだをまるで麦酒瓶《ビールびん》のやうにボウと鳴らして行く位ですからね。わめくも歌ふも容易のこっちゃありませんよ」。

瓶の口に唇をあてて吹くとボーッという音がします。ひばりの口がまるでそのビール瓶の口のようだったんですね。賢治はまるでひばりになったような表現ができる人です。

そういう風と共に生きた人、風をうたった詩人宮沢賢治の素晴らしい風の詩をこれからいくつか取り上げてみましょう。

女性を想う文語詩

一つは文語詩から取り上げてみたいと思います。賢治はおびただしい数の文語詩を残しています。賢治自身が推敲し、書き残した文語詩五〇篇、これは一九三三年の一月頃から編集されています。ついで、文語詩一〇〇篇、八月二二日頃完成しています。そのわずか五日後の八月二七日に賢治は亡くなっていますから、まさに、自分の生涯の最後の仕事でした。

また、女性を想う恋の詩が口語の詩にはほとんどないのに、文語の詩には何篇かある、これも文語詩の特徴だと言えます。

その一つに「きみにならびて野にたてば」という詩があります。先駆形というのがあって、それを文語詩五〇篇の中で完成形に仕上げていますが、ここでは先駆形を読んでみましょう。

〈〔きみにならびて野にたてば〕　先駆形〉

きみにならびて野に立てば
風きら丶かに吹ききたり

柏ばやしをとゞろかし
枯れ葉を雪にまろばしぬ

峯の火口にたゞなびき
北面に藍の影置ける
雪のけぶりはひとひらの
火とも雲とも見ゆるなれ

「さびしや風のさなかにも
鳥はその巣を繕はんに
ひとはつれなく瞳《まみ》澄みて
山のみ見る」ときみは云ふ

あゝさにあらずかの青く
かゞやきわたす天にして
まこと恋するひとびとの
とはの園をば思へるを

あなたと二人で野に立てば、岩手山から降りてきたきららかな風が柏の林をとどろかして、柏の枯れ葉を雪にころがしていく、という素晴らしい冬の雪原の情景です。並んで立っている人はおそらく許嫁《いいなずけ》、あるいはそれに近い人だったのでしょう。「風の強い日は鳥だってその巣を直そうとするのに、貴方はいつも山ばっかり見つめているんですね」と、少しなじったように言うと「いや、そうではないんだよ。私はあの山の頂上を見ながら、みんなの幸いのことを考えているんだ」。こんな恋人同士のやりとりとも読めなくもありません。それを賢治は五〇篇に収録するときには、後半部分の許嫁と話し合っている部分を全部とって、岩手山の東側の、風が雪原を吹きわたる情景の詩にしています。完成形も読んでみましょう。

［きみにならびて野にたてば］

きみにならびて野にたてば、　風きららかに吹ききたり、
柏ばやしをとゞろかし、　枯葉を雪にまろばしぬ。
げにもひかりの群青や、　山のけむりのこなたにも、
鳥はその巣やつくろはん、　ちぎれの艸をついばみぬ。

これだけの簡素な詩にしています。おそらくその許嫁とのことについては、人の目にふれる完成形としては残したくなかった事情があったのかもしれません。それにしても前四行の詩は、まさに風の詩の傑作、何かこの四行を読むだけで、心の中にきららかな風が吹いてくるような素晴らしい表現ではありませんか。

この詩は岩手山東側に広がる春子谷地という湿地の辺りに今、石碑となって刻まれて建っています。

夜明けの心象風景

二番目は「山の晨明に関する童話風の構想」という詩です。むずかしい言葉を使っていますが、晨明《しんめい》というのは要するに夜明けのことです。ですから、簡単に言えば「夜明けの詩」とでも言ったらいいのでしょうか。読んでみましょう

三七五　山の晨明に関する童話風の構想

一九二五、八、一一、

つめたいゼラチンの霧もあるし
桃いろに燃える電気菓子もある
またはひまつの緑茶をつけたカステーラや
なめらかでやにっこい緑や茶いろの蛇紋岩
むかし風の金米糖でも
wavellite の牛酪でも
またこめつがは青いザラメでできてゐて
さきにはみんな
大きな乾葡萄《レジン》がついてゐる
みやまういきゃうの香料から
蜜やさまざまのエッセンス
そこには碧眼の蜂も顫へる
さうしてどうだ
風が吹くと　風が吹くと
傾斜になったいちめんの釣鐘草《ブリユーベル》の花に
かゞやかに　かがやかに
またうつくしく露がきらめき

わたくしもどこかへ行ってしまひさうになる……
蒼く湛へるイーハトーボのこどもたち
みんなでいっしょにこの天上の
飾られた食卓に着かうでないか
たのしく燃えてこの聖餐をとらうでないか
そんならわたくしもたしかに食ってゐるのかといふと
ぼくはさっきからこゝらのつめたく濃い霧のジェリーを
のどをならしてのんだり食ったりしてるのだ
ぼくはじっさい悪魔のやうに
きれいなものなら岩でもなんでもたべるのだ
おまけにいまにあすこの岩の格子から
まるで恐ろしくぎらぎら熔けた
黄金の輪宝《くるま》がのぼってくるか
それともそれが巨きな銀のラムプになって
白い雲の中をころがるか
どっちにしても見ものなのだ
おゝ青く展がるイーハトーボのこどもたち

グリムやアンデルセンを読んでしまったら
じぶんでがまのはむばきを編み
経木の白い帽子を買って
この底なしの蒼い空気の淵に立つ
巨きな菓子の塔を攀ぢよう

早池峰山は登った人はご存知と思いますが、大きな岩がごろごろ積み重なっているような山です。その岩の間に様々な花が咲き、こめつがが小さな実をつけ、そして緑のはい松やたくさんの植物がその間に競うように茂っています。これらのものを全部イーハトーボの子どもたちと呼びかけて、早池峰山をお菓子でできた大きな塔に例えて、あの大きなお菓子の塔にイーハトーボの子どもたち、一緒に上ってみようではないかと、呼びかけている非常に素晴らしい詩です。

おまけにいまにあすこの岩の格子から
まるで恐ろしくぎらぎら熔けた
黄金の輪宝《くるま》がのぼってくるか
それともそれが巨きな銀のラムプになって

白い雲の中をころがるか

これは日の出を表していて、真っ赤な黄金の太陽になって上ってくるのか、それとも霧をまといながら銀のランプのようになって上ってくるのか、それはどっちにしても見ものだと、山の夜明けの日の出のことも美しく詠われています。

電気菓子というのは賢治の言葉で綿菓子のことです。ウェブライト、これは岩石の一種で銀星石という緑白色の石のことですが、それがチーズのように折り重なっている。そしてこめつがは青いザラメでできていて、一つ一つにみんな乾葡萄《ほしぶどう》がついている。そのあとの風の表現が私は大好きです。

さうしてどうだ
風が吹くと　風が吹くと
傾斜になったいちめんの釣鐘草《ブリユーベル》の花に
かゞやかに　かがやかに
またうつくしく露がきらめき
わたくしもどこかへ行ってしまひさうになる……

イーハトーブ
館より

直接風がうたわれているのはこの六行ですが、この詩全体にいつも風が吹いています。早池峰山の登山口、河原坊で野宿をして翌朝、日の出を見て早池峰山に登ろうという、夜明けの賢治の心に広がる心象風景です。

賢治詩の中でも屈指の名作だと私は思います。「はんばき」というのは、いわゆるゲートル、脚絆《きゃはん》のことで、「経木の白い帽子」の経木というのは木を薄い紙のように削ったもので、それを編んで作った帽子です。

風が吹く絶妙な表現

三つ目は文字通り「かぜがくれば」という詩です。

一九六　〔かぜがくれば〕　　〔一九二四、〕　九、一〇、

かぜがくれば
ひとはダイナモになり
　……白い上着がぶりぶりふるふ……

木はみな青いラムプをつるし
雲は尾をひいてはせちがひ
山はひとつのカメレオンで
藍青やかなしみや
いろいろの色素粒が
そこにせはしく出没する

短くてややわかりにくい詩ですけれど、非常に味わい深い詩ですね。これも私の大好きな詩のひとつです。ダイナモというのは発電機のことですが、ぶりぶりふるえる、そういうものの表現として、賢治は時々ダイナモという言葉を使っています。

例えば、虫の羽がぶるぶるふるえる、そんな様子にもダイナモという言葉を使っています。風が来ると人間の白いシャツがぶりぶりふるえて人がダイナモのようになる。そして「木はみな青いラムプをつるし」、これは何か胡桃《くるみ》の実か、栗の実か、そんなものがランプのようにゆれる様を表しているのでしょう。そして「山はひとつのカメレオンで」と、これもなかなか味わい深い表現です。

山に風がどおーっと吹いていくと、あちこちで色の違う情景が現れることをよく見かけます。葉がひるがえったり、あるいは木がどおーっとなびいたりしながら、山の色がいろいろと変わる。それを賢治はカメレオンと言ったのでしょう。そこから、いろいろな色素粒が「せはしく出没する」。いろいろな色が目まぐるしく出没する。風が吹く絶妙な表現ですね。

もう一つちょっと違う風を取り上げてみましょう。

賢治は一九二八年、羅須地人《らすちじん》協会を中心とした活動から、さらに農村での稲作指導、肥料設計等々の活動に入る中で、八月に病に倒れます。その翌々年の春頃回復するまでの間、病床にありました。この病中になんと賢治はたくさんの詩を書き「疾中」詩篇として三〇篇をまとめています。この「疾中」の中には「そしてわたくしはまもなく死ぬのだらう」という詩とか、死ぬことを覚悟しながら自分の心を見つめる様々な詩を書いていますが、この三〇篇の中に風をタイトルにした詩が三つもあります。

「今宵南の風吹けば」という詩、もう一つは「まなこをひらけば四月の風が」という詩、そして、もう一つが「風がおもてで呼んでゐる」という詩です。ここでは「風がおもてで呼んでゐる」という詩を取り上げてみましょう。

〈風がおもてで呼んでゐる〉

風がおもてで呼んでゐる

「さあ起きて
赤いシャッツと
いつものぼろぼろの外套を着て
早くおもてへ出て来るんだ」と
風が交々叫んでゐる
「おれたちはみな
おまへの出るのを迎へるために
おまへのすきなみぞれの粒を
横ぞっぱうに飛ばしてゐる
おまへも早く飛びだして来て
あすこの稜ある巌の上
葉のない黒い林のなかで
うつくしいソプラノをもった
おれたちのなかのひとりと
約束通り結婚しろ」と
繰り返し繰り返し
風がおもてで叫んでゐる

高熱にあえぎながら病床で賢治は、おもてで風が吹いているのを、風が自分に語りかけているように思ったのです。

「さあ早く起きてきておもてへ出たらどうだ」と。

賢治は戸外で風に吹かれることが大好きでしたから、病床にいてもおそらく風の中へ出てみたいと思っていたのでしょう。そして、風が誘いかけるのです。

「お前の好きなみぞれの粒を横ぞっぽうに（横殴りに）飛ばしているぞ。早く飛び出してきて、あの林の中で美しいソプラノをもったおれたちのなかまのひとりと約束通り結婚しろ」って叫んでいる。ソプラノの風ですから、高音でピューッと吹いていく風ですね。その風の声は賢治には「約束通り結婚して」と聞こえたのでしょう。

賢治には約束を果たさなかった結婚話もあったのかもしれません。そんなことを思い出しながら、熱にうなされながら、まさに死を覚悟しているような病床の中で、これだけの詩を書くということもすごいことです。命の燃えているその姿を感じさせる詩ではないでしょうか。

風の詩はそのほかにも沢山あります。しかし、賢治の風の詩の傑作中の傑作は、「和風は河谷いっぱいに吹く」です。この詩は一九二七年、賢治が羅須地人協会を設立し、農村活動、肥料設計、稲作相談をしている中から生まれた詩です。

夜半の嵐で稲が倒れてしまう、しかし、賢治が設計し農民たちと共に作った稲田が、その嵐にも耐えてしっかりと起き上がっている。嵐の後の風にそよいで、まるで蘆《あし》とも見えるように稲がたくましく育っている、そういう自然への感動や喜び、それを詠っている詩です。

風の詩の傑作「和風は河谷いっぱいに吹く」

文庫版全集二巻では「詩ノート」の中に作品番号一〇八三番「南からまた西南から」というのが載っています。もう一つ、一〇二一番「和風は河谷いっぱいに吹く」というのが「春と修羅　第三集」にあります。

もともと、この詩はかなり長い下書き稿があって、これが同じく二巻に「和風は河谷いっぱいに吹く　先駆形」として載っています。その下書き稿の中から谷川徹三さんの編集した岩波文庫『宮沢賢治詩集』では、それらをかなり整理して岩波文庫版「和風は河谷いっぱいに吹く」にしています。

この詩にはいろいろなテキストがあるわけです。ですが、ここではやはり賢治自身が「春と修羅　第三集」に整理した「和風は河谷いっぱいに吹く」をもとにしながら、その下書き稿の中にあるすばらしい表現、捨てがたい表現を付け加えるという形でこの詩を読んでみたいと思います。

一〇二一　和風は河谷いっぱいに吹く

一九二七、八、二〇、

たうとう稲は起きた
まったくのいきもの
まったくの精巧な機械
稲がそろって起きてゐる
雨のあひだまってゐた穎は
いま小さな白い花をひらめかし
しづかな飴いろの日だまりの上を
赤いとんぼもすうすう飛ぶ
あゝ
南からまた西南から
和風は河谷いっぱいに吹いて
汗にまみれたシャツも乾けば
熱した額やまぶたも冷える
あらゆる辛苦の結果から

七月稲はよく分蘖し
豊かな秋を示してゐたが
この八月のなかばのうちに
十二の赤い朝焼けと
湿度九〇の六日を数へ
茎稈弱く徒長して
穂も出し花もつけながら、
つひに昨日のはげしい雨に
次から次と倒れてしまひ
うへには雨のしぶきのなかに
とむらふやうなつめたい霧が
倒れた稲を被ってゐた
あゝ自然はあんまり意外で
そしてあんまり正直だ
百に一つなからうと思った
あんな恐ろしい開花期の雨は
もうまっかうからやって来て

力を入れたほどのものを
みんなばたばた倒してしまった
その代りには
十に一つも起きれまいと思ってゐたものが
わづかの苗のつくり方のちがひや
燐酸のやり方のために
今日はそろってみな起きてゐる
森で埋めた地平線から
蒼くかゞやく死火山列から
風はいちめん稲田をわたり
また栗の葉をかゞやかし
いまさはやかな蒸散と
透明な汁液《サップ》の移転
あゝわれわれは曠野のなかに
蘆とも見えるまで逞ましくさやぐ稲田のなかに
素朴なむかしの神々のやうに
べんぶしてもべんぶしても足りない

どうでしょうか。激しい雨嵐を乗り越えて新しい朝、逞《たくま》しく立っている稲への尊敬、そしてそれが肥料のやり方の違いで奇跡のように倒れないでいる情景、そして、嵐の後の田園の爽やかさ。この中で私が特に心打たれるのは、

　あゝ
　南からまた西南から
　和風は河谷いっぱいに吹いて
　汗にまみれたシャツも乾けば
　熱した額やまぶたも冷える

この五行です。風は確かにどんな時に受けても気持ちのいいものですけれど、しかし、汗にまみれたシャツに吹く風、これはおそらく人が感じる快さとしては最高のものではないでしょうか。

　汗にまみれたシャツをはたはたと鳴らしながら爽やかに体を冷やしてくれる風、それは働いて熱くなってしまった額やまぶたも冷やしてくれる。先ほど取り上げた立原道造は、確かに風の詩人でした。私は、賢治はただの風の詩人ではなかったと思うのです。そこが立原道造との

違いだったと思います。賢治は「風と汗の詩人」とよぶべきかもしれません。労働の中で汗にまみれて吹かれる風の心地よさを心ゆくまでうたっています。

もう一つは、激しい風雨が過ぎ去った後の田んぼの情景です。穎《えい》というは、稲の小さな白い花を包んでいる小さな葉、つまり稲穂の赤ちゃんのことです。そこからちょこっと稲の小さな花を出してひらめかしている。

雨のあひだまってゐた穎は
いま小さな白い花をひらめかし
しづかな飴いろの日だまりの上を
赤いとんぼもすうすう飛ぶ

こういう嵐の後の爽やかな表現です。この情景をもっと素晴らしく表現しているのが、実は先駆形の中にあるのです。

私はこの「和風は河谷いっぱいに吹く」を先駆形も交えて読むことにしています。先駆形のなかでは「夜どおしうちつける激しい雨、その中を気狂いのように飛び出して、測候所に電話を掛けたり、村から村を訪ね歩いて凄まじい稲光の中を、夜更けて家に帰ってきた」という一節があって、そのあとに激しい風の去ったあとの朝の光景がうたわれています。その部分を読んでみましょう。

わたくしはたうとう気狂ひのやうに
あの雨のなかへ飛び出し
測候所へも電話をかけ
続けて雨のたよりをき丶
村から村をたづねてあるき
声さへ枯れて
凄まじい稲光りのなかを
夜更けて家に帰って来た
さうして遂に睡らなかった
さうしてどうだ
今朝黄金の薔薇東はひらけ
雲ののろしはつぎつぎのぼり
高圧線もごろごろ鳴れば
澱んだ霧もはるかに翔けて
見給へたうとう稲穂は起きた

まったくのいきもののやうに
まったくの精巧な機械のやうに
稲がそろって起きてゐて
そのうつくしい日だまりの上を
赤いとんぼもすうすう飛ぶ
あゝわれわれはこどものやうに
踊っても踊っても尚足りない

「黄金の薔薇《ばら》」とは太陽のことです。嵐の去った朝の素晴らしい情景の描写です。谷川徹三さんは、ばらばらに残された原稿をさらに入れ替えて「しづかな飴いろの日だまりの上を」という一行を取り入れました。岩波文庫版では最後の部分を次のようにしています。

今朝黄金の薔薇　東はひらけ
雲ののろしはつぎつぎのぼり
高壓線もごうごう鳴れば
澱んだ霧もはるかに翔けて
たうとう稲は起きた

まつたくのいきもの
まつたくの精巧な機械
稲がそろつて起きてゐる
雨のあひだまつてゐた穎は
いま小さな白い花をひらめかし
しづかな飴いろの日だまりの上を
赤いとんぼもすうすうと飛ぶ
あ、われわれはこどものやうに
踊つても踊つても尚足りない

まさに類い稀な嵐の去った朝の描写です。嵐の後の田園風景は、音楽、絵画をはじめいろいろなジャンルの芸術的表現の対象になりました。しかし、それらを含めても、これだけの見事な表現はざらにはないのではないかと思います。中六行を略して読むと純化されて、いっそう見事です。

今朝黄金の薔薇　東はひらけ
雲ののろしはつぎつぎのぼり

高壓線もごうごう鳴れば
澱んだ霧もはるかに翔けて
（六行省略）
しづかな飴いろの日だまりの上を
赤いとんぼもすうすうと飛ぶ

勝手読みですが賢治には許してほしいと思っています。鳥肌が立つような美しい表現ではないでしょうか。まさに宮沢賢治は類い稀な風の詩人でした。

第八章　ああとし子
――悲しみを力に新たな地平へ

一九二二年一一月二七日、最愛の妹トシがこの世を去りました。二四歳の美しくもはかない生涯でした。賢治にとってトシは本当に大きな存在でした。賢治の童話の様々な作品の中にもトシを思わせる妹が何人も登場します。

例えば「グスコーブドリの伝記」。

ブドリが一〇歳、ネリは七歳の時、凶作にあって、食べ物を子どもたちに残して親は森に消えてゆき、ブドリとネリは取り残されます。

ネリはさらわれてブドリ一人っきりになり、ブドリは旅に出ます。ネリは捨てられた後、ある牧場主に救われてその息子と結婚。幸せな家庭生活に恵まれ、やがてブドリと再会します。トシを思わせるネリには幸せになってもらいたいという念願もあったのでしょう。

また、「黄いろのトマト」。

ここにはペムペルとネリという兄妹がでてきます。村で暮らしている兄妹のところに、町のほうから奇妙な音が聞こえるので行ってみるとサーカス団でした。みんなが金貨や銀貨で入っているのを見て、兄のペムペルは急いで村へ戻って、自分の畑で採った黄色いトマトを持ってサーカスに入れてもらおうとします。黄色だから金貨と同じように通じると思ったのでしょう。

そして、サーカスの人達から怒られ、村人から笑われ、ペムペルはネリを抱いて泣きながら小屋に帰ります。

妹ではありませんけれど「ひかりの素足」の中で、吹雪に埋もれて兄一郎に抱かれて死んでいく弟楢夫《ならお》の中に、妹トシの面影が写っているように思います。

前に取り上げた「手紙四」という小品の中のチュンセとポーセの兄妹も明らかに賢治と妹トシの物語とみていいでしょう。

トシの死を見つめて

トシの死にどうしてあれだけ悲しみ、トシをいとおしんだのか。

トシは必ずしも町の裕福な家に生まれて、教育に恵まれ、幸せな生涯を送ったという女性ではありませんでした。

トシが花巻高等女学校卒業の間際に、母校の新任の音楽教師鈴木竹松との恋愛問題が起こり、同級生との三角関係になっていることが発覚しました。これが地方紙に大きく取り上げられ、スキャンダルとして書き立てられるという事件になりました。それは親の教育方針まであげつらう悪意ある記事でした。そのため、トシはいわば追われるように花巻を離れ、上京して日本女子大学家政学部に入学したのです。

トシは日本女子大で学長の成瀬仁蔵《なるせじんぞう》に大きな影響を受けました。やがて成瀬の、この宇宙は唯一の宇宙意志というものによって結ばれているという、帰一《きいつ》思想に深く共鳴していきます。これは、兄賢治が法華経への狂信的な信仰を脱出していくことに対し、大きく心を開く導き手になったのではないかと考えられます。

トシは日本女子大の卒業間際に病を得て、東大病院の分院に入院します。賢治はその看病のため近くの旅館に宿泊し、献身的に看病する傍ら、東京でこれからの行く道を考えるという時期を過ごしています。

そして、一九一九年三月、病で欠席のまま成績優秀のため卒業として認められ、花巻で療養生活をおくります。その時、病が次第に癒えてくる中で、トシは一六日間もかけて通常の本でも三〇ページ程度に及ぶ自省録を書きあげています。それは、自分と向き合い、事件を反省し、利己的な愛を普遍的な愛に高めなければならないという結論を導くための、まことに真摯《しんし》な自省録です。

病が癒えたトシは母校花巻高等女学校の教師になりますが、体調を崩しやがて退職。そして下根子桜《しもねこざくら》の別宅に移り療養。やがて一一月には自宅に戻り、一一月二七日午後八時三〇分、二四歳で永眠しました。

賢治が書いた「永訣の朝」。これはよく知られた詩ですが、その中でトシが病床で語る言葉があります。

（うまれでくるたて
こんどはこたにわりやのごとばかりで
くるしまなあよにうまれてくる）

生まれて来るなら今度はこんなに自分のことばかりで苦しまないように生まれてくる

この言葉は、こういったトシの自らの生をみつめた言葉だったのでしょう。

トシはどういう女性だったのでしょうか。後に述べる樺太（サハリン）への旅のなかで書かれた詩「オホーツク挽歌」の中に、こういう一節があります。

わびしい草穂やひかりのもや

緑青《ろくしやう》は水平線までうららかに延び
雲の累帯構造のつぎ目から
一きれのぞく天の青
強くもわたくしの胸は刺されてゐる
それらの二つの青いいろは
どちらもとし子のもつてゐた特性だ

この二つの青、水平線にもやをはらんで、薄く広がっているやわらかな青、そして雲の切れ間からのぞいている鮮烈な真っ青な青、この二つはどれもトシの持っていた特性だと、賢治は思い起こしています。やわらかい暖かい青のようなやさしさや愛情、雲の切れ間からのぞく鮮烈な青のような知性、いずれもトシの特性だと。

トシの死の後、賢治は三つの有名な詩「永訣の朝」「松の針」「無声慟哭」を書いています。日付はいずれも一一月二七日付けになっていますが、一一月二七日、トシが亡くなった日にこの三つを書き上げるというのは不自然であるということで、今では、後になって二七日の事を思い起こしながら書かれた詩だろうということが、ほぼ明らかになっています。ここでは「永訣の朝」はよく知られている詩なので、三つの詩の中で一番わかりやすい「松の針」という詩だけを取り上げてみたいと思います。

松の針

　さつきのみぞれをとつてきた
　あのきれいな松のえだだよ
おお　おまへはまるでとびつくやうに
そのみどりの葉にあつい頬をあてる
そんな植物性の青い針のなかに
はげしく頬を刺させることは
むさぼるやうにさへすることは
どんなにわたくしたちをおどろかすことか
そんなにまでもおまへは林へ行きたかつたのだ
おまへがあんなにねつに燃され
あせやいたみでもだえてゐるとき
わたくしは日のてるとこでたのしくはたらいたり
ほかのひとのことをかんがへながら森をあるいてゐた

《ああいい　さつぱりした
　まるで林のながさ来たよだ》
鳥のやうに栗鼠《りす》のやうに
おまへは林をしたつてゐた
どんなにわたくしがうらやましかつたらう
ああけふのうちにとほくへさらうとするいもうとよ
ほんたうにおまへはひとりでいかうとするか
わたくしにいつしよに行けとたのんでくれ
泣いてわたくしにさう言つてくれ
　おまへの頰の　けれども
なんといふけふのうつくしさよ
わたくしは緑のかやのうへにも
この新鮮な松のえだをおかう
いまに雫もおちるだらうし
そら
さはやかな
terpentine《ターペンティン》の匂もするだらう

（一九二三、一一、二七）

ターペンテインとは松やにのことです。
非常にわかりやすい、しかし、兄の妹に寄せる思い、悲しみが素直に伝えられている詩だと思います。

この後、賢治には全く詩を書かない数か月間が続きました。その間にも思い出すのはトシのこと、トシの死への悲しみ。やがて賢治の中に二つの思いが交錯するようになります。

それは、トシは、どこか幸せな所に行って、死後幸せに過ごしているに違いないという思いと、いやそんなことはありえない、死というものは現実なのだという思いです。

翌年の六月にようやく賢治はトシのことを冷静に思い起こせる時期が来たのでしょう。「風林」「白い鳥」という二つの詩を六月三日、四日の日付で書いています。

「風林」は、農学校の生徒たちを連れて岩手山へ登山する途中に書いた詩です。夜明け近くに生徒たちと山の中腹で休憩します。見下ろすと一本木野《いっぽんぎの》の騎兵連隊の灯なども見えます。

生徒たちが思い思いの会話をしている様子が詩に書かれ、その中でトシのことをこんなふうに思い起こしています。

とし子とし子

野原へ来れば
また風の中に立てば
きつとおまへをおもひだす
おまへはその巨きな木星のうへに居るのか
鋼青壮麗のそらのむかふ
（ああけれどもそのどこかも知れない空間で
光の紐やオーケストラがほんたうにあるのか
…………此処《こご》あ日《ひ》あ永《な》あがくて
　一日《いちにち》のうちの何時《いづ》だがもわがらないで……
ただひときれのおまへからの通信が
いつか汽車のなかでわたくしにとどいただけだ）
とし子　わたくしは高く呼んでみようか

そして翌日書かれた「白い鳥」という詩は、岩手登山の帰り道でしょう。やはり生徒たちと共に歩いているときに、賢治はこういう体験をして詩に書きこんでいます。

二疋の大きな白い鳥が

鋭くかなしく啼きかはしながら
しめつた朝の日光を飛んでゐる
それはわたくしのいもうとだ
死んだわたくしのいもうとだ
兄が来たのであんなにかなしく啼いてゐる

賢治は、おそらく北の果ての、当時の日本領であった樺太の、鉄道の行き着く果ての落合《おちあい》（現ドリンスク）、さらにそこから支線がのびている栄浜《さかえはま》（スタロドブスコエ）、栄浜から五、六キロメートル先の所に、白鳥湖という湖があるのを何かの機会に知ったのだろうと私は思います。その緯度からいえば、夜が短く夏の間は「ここは日が永くて一日のうちいつだかもわからないで」という言葉がぴったりする土地柄です。日が長い、夜がなかなか暮れないその中でトシは白鳥になっていったのではないか、こんな心象を持ったのかもしれません。

サハリンへの鎮魂の旅

やがて、賢治はこういう思いを抱いて、教え子の就職を頼みにいくという機会をとらえて、トシの面影を求めて鎮魂のためにサハリンに旅立ちます。これは一九二三年七月三一日から八月一二日までの、賢治としては最も長い旅でした。

その旅の間に「青森挽歌」「宗谷挽歌」「オホーツク挽歌」「噴火湾」など八篇の詩を書いています。

花巻を出発し、青森で青函連絡船に乗りかえ、函館から札幌、旭川を通り稚内へ行き、稚内からさらに稚泊連絡船に乗り、大泊《おおどまり》（コルサコフ）そして、豊原（今のユジノサハリンスク）、そして落合、栄浜への旅でした。

この旅を深く研究した萩原昌好氏の研究によると、賢治は八月三日の夕方、栄浜に宿をとり、夜旅館を出て徒歩で白鳥湖に、おそらく南無妙法蓮華経を唱えながら向かったのだろうと考えられています（萩原昌好『宮沢賢治「銀河鉄道」への旅』河出書房新社）。

そして、「オホーツク挽歌」の中に（十一時十五分　その蒼じろく光る盤面《ダイアル》）という一行があるのですが、それは白鳥湖の事ではないかと推測しています。萩原氏はさらに、当日の星座の配置図を調べると、なんとその時刻に白鳥湖の頂上に白鳥座の一等星デネブが来るということも明らかにしています。

賢治はそういったことも考え抜いて八月三日一一時一五分に白鳥湖に行って、そこで白鳥となったトシと対面しようとしたのでしょう。ありえない事と賢治は知り抜いていました。しかし、そうせずにはいられなかったのです。

そこで思い出すのは「銀河鉄道の夜」の場面。中でもジョバンニとカムパネルラが乗り込んだ銀河鉄道に、やがて次は白鳥の停車場です、というアナウンスが流れ、「もうぢき白鳥の停車場だねえ。」「あ、、十一時かっきりには着くんだよ。」という二人の台詞があることも思い起こされます。そして、一一時かっきりに着いた銀河鉄道は、そこで二〇分停車するという「銀河鉄道の夜」の物語になっています。まさに一一時一五分、白鳥湖の上には白鳥座が真上に輝いていたのです。

サハリンへの旅の中で書かれた八つの詩はトシへの思いに満たされています。

例えば「青森挽歌」。花巻から青森への夜汽車の中で小さな停車場に汽車が停まれば、

あいつはこんなさびしい停車場を
たつたひとりで通つていつたらうか
どこへ行くともわからないその方向を
どの種類の世界へはひるともしれないそのみちを
たつたひとりでさびしくあるいて行つたらうか

と思う。そして「宗谷挽歌」では、宗谷海峡を連絡船で渡ろうするとき、その連絡船のデッキに立って、

こんな誰も居ない夜の甲板で
（雨さへ少し降ってゐるし、）
海峡を越えて行かうとしたら、（漆黒の闇のうつくしさ。）
私が波に落ち或いは空に擲げられることがないだらうか。
それはないやうな因果連鎖になってゐる。
けれどももしとし子が夜過ぎて
どこからか私を呼んだなら
私はもちろん落ちて行く。
とし子が私を呼ぶといふことはない
呼ぶ必要のないとこに居る。
もしそれがさうでなかったら

という書き出しで始まっています。

　トシはどこかで幸せに第二の生を送っている。いや、そんなことはない、死というものはきびしい現実だ。それを受け入れなければならない。この二つの相反する思いを抱き通しながら賢治は、旅の最後に噴火湾のほとりを函館に向けて走りながら、「噴火湾（ノクターン）」で、次のように書いています。

駒ケ岳駒ケ岳
暗い金属の雲をかぶつて立つてゐる
そのまつくらな雲のなかに
とし子がかくされてゐるかもしれない
ああ何べん理智が教へても
私のさびしさはなほらない
わたくしの感じないちがつた空間に
いままでここにあつた現象がうつる
それはあんまりさびしいことだ
　（そのさびしいものを死といふのだ）
たとへそのちがつたきらびやかな空間で
とし子がしづかにわらはうと
わたくしのかなしみにいぢけた感情は
どうしてもどこかにかくされたとし子をおもふ

（一九二三、八、一一）

トシへの思いを断ち切れないでいる自分、しかし、死という現実を受け入れることは「あんまりさびしいことだ」が「そのさびしいものを死といふのだ」という気持ちも書いています。

こうした旅を終え、悲しみを乗り越えて賢治はさらに新たな世界へ自分の世界を広げていきます。

「悲しみは人をやさしくする」。この言葉を改めて思い起こすことができます。

やがて賢治は一九二四年ころから、新しい探求に乗り出していくようになります。本当の幸いを求める賢治の中に、しだいに岩手の農村の厳しい現実の矛盾が入り込んできます。

修学旅行に行けない農学生の姿、人身売買に出される娘たちの姿、不作に苦しむ農民の姿、そんな中で自分は裕福な町の人でいいのか、決まった給料をもらえるサラリーマンでいていいのか、財閥の系統であることへの罪悪感、こういったものを感じ始めるとともに、奔放におこなわれていた賢治の教育にも、次第にそれを許さない教育統制の雰囲気、状況が広がっていきます。学校劇の禁止令等々で教育活動はしだいに息苦しいものになっていきます。

新たな道を探さなければならない、人々の「本当の幸い」への道はどこにあるのか、そういう新たな探求の中で代表作「銀河鉄道の夜」に取りかかり始めます。

一九二四年頃書かれた数々の詩のなかには、トシへの捨てがたい思いと、銀河や宇宙や天体に関する並々ならぬ関心を合わせて盛り込んだような詩がいくつか書かれるようになっていきます。

例えば一九二四年七月五日の日付の「温く含んだ南の風が」という詩、この中にはトシへの思いと並んで、

北の十字のまはりから
三目星《カシオペーア》の座のあたり
天はまるでいちめん
青じろい疱瘡にでもかかったやう
天の川はまたぼんやりと爆発する

さらに「この森を通りぬければ」（同じく七月五日付）という作品には、

蛍が一そう乱れて飛べば
鳥は雨よりしげくなき
わたくしは死んだ妹の声を
林のはてのはてからきく

という一節もあります。こういった心の遍歴を経て「銀河鉄道の夜」を書くという並々ならぬ

決意と、トシへの思いに決着をつけるという、その二つを合わせてふくんだ記念すべき傑作が書かれることになります。

傑作「薤露青」

一九二四年七月一七日の日付けのある、「春と修羅　第二集」の中に収録された賢治詩の傑作、作品一六六「薤露青《かいろせい》」です。では読んでみます。

一九二四、七、一七、

一六六　薤露青

みをつくしの列をなつかしくうかべ
薤露青の聖らかな空明のなかを
たえずさびしく湧き鳴りながら
よもすがら南十字へながれる水よ
岸のまっくろなくるみばやしのなかでは
いま膨大なわかちがたい夜の呼吸から

銀の分子が析出される
……みをつくしの影はうつくしく水にうつり
プリオシンコーストに反射して崩れてくる波は
ときどきかすかな燐光をなげる……
橋板や空がいきなりいままた明るくなるのは
この旱天のどこからかくるいなびかりらしい
水よわたくしの胸いっぱいの
やり場所のないかなしさを
はるかなマヂェランの星雲へとゞけてくれ
そこには赤いいさり火がゆらぎ
蝎がうす雲の上を這ふ
……たえず企画したえずかなしみ
たえず窮乏をつゞけながら
どこまでもながれて行くもの……
この星の夜の大河の欄干はもう朽ちた
わたくしはまた西のわづかな薄明の残りや
うすい血紅瑪瑙をのぞみ

しづかな鱗の呼吸をきく
　……なつかしい夢のみをつくし……

声のい丶製糸場の工女たちが
わたくしをあざけるやうに歌って行けば
そのなかにはわたくしの亡くなった妹の声が
たしかに二つも入ってゐる
　……あの力いっぱいに
　　細い弱いのどからうたふ女の声だ……
杉ばやしの上がいままた明るくなるのは
そこから月が出ようとしてゐるので
鳥はしきりにさわいでゐる
　……みをつくしらは夢の兵隊……
南からまた電光がひらめけば
さかなはアセチレンの匂をはく
水は銀河の投影のやうに地平線までながれ
灰いろはがねのそらの環

……あゝ　いとしくおもふものが
そのまゝどこへ行ってしまったかわからないことが
なんといふいゝことだらう……

かなしさは空明から降り
黒い鳥の鋭く過ぎるころ
秋の鮎のさびの模様が
そらに白く数条わたる

薤露というのは韮《にら》や辣韮《らっきょう》の葉にたまった露のことです。

これは古来から中国では透明なもの、はかないものの代名詞として使われてきました。「薤露青」という詩のタイトルについて原子朗《はらしろう》さんの『定本宮澤賢治語彙辞典』（筑摩書房）は素晴らしい解説をしていますので、その部分を引用してみます。

「青を付して色彩表現として用いたのは賢治の独創で、そのイメージはただの青さだけでない、露の玉がレンズのはたらきをしてラッキョウの葉の条《すじ》の青さまで透視しているかのような澄みきった悲哀のニュアンスが漂う。……そして南十字へ湧き流れる水は死んだ妹（→宮沢トシ）の姿を映し出し、悲哀感をかきたてて鳴りながら、この詩はやがて童［銀河鉄道の夜］へと流れ込んでゆく。この［薤露青］は右の童話はむろんのこと、賢治の挽歌群を理解するキー・イメージと言えよう」

「みをつくし」というのは水路標のことです。海や川の流れの道しるべになる印のことです。この前半は天空に輝く銀河のことを言い表しているように読めます。「夜もすがら南十字へながれる水」は、まさに銀河のことですね。

そしてその銀河の河原にはプリオシンコーストと呼ばれる川岸が続いています。このプリオシンという呼び方は地質時代の一つ新第三紀鮮新世のことですが、これはちょうど賢治のふるさと花巻を流れる北上川の、イギリス海岸がこの年代の地層にあたっています。

そして「銀河鉄道の夜」の中でも、白鳥のステーションに着いた二人は二〇分間の停車時間を利用して、プリオシン海岸という標札が建ち欄干のついた河岸にでかけ、そこでくるみの炭化した化石やさらには古代動物の化石を掘り出している地質学者の一団に会ったりします。こういったことも、もうすでに賢治の構想の中にはあったのでしょう。

そして「わたくしの胸いっぱいのやり場のないかなしさを、はるかなマジェランの星雲へとどけてくれ」。銀河のかなたに輝いているマジェランの星雲が南十字のはるか彼方に光っていて、カムパネルラと別れたジョバンニが、みんなの本当の幸いをめざして地上に目覚めて降りて行くときに「あゝマジェランの星雲だ」といってマジェランの星雲を指さす場面がありま す(異稿)。

まさに「銀河鉄道の夜」の舞台そのものです。そして、後半は主として銀河を写しだす北上川にそった地上の姿をうたっているように思います。「水は銀河の投影のやうに地平線までながれ」は、銀河をてっぺんに仰いで南へ流れて行く北上川のことです。地上には北上川が弧を描き、そして南で地平線と銀河の端がつながって、天空には銀河が弧を描く。まさに「灰いろはがねのそらの環」とは、そのことを言っているわけです。

そしてここでトシのことを思い出して、工女が歌っていった声の中にトシの声が二つも入っていると思いつつ、同時に愛しく思えるものがどこへ行ってしまったかわからない、それはどうでもいいことなんだと自分に言い聞かせて、この詩は終わりの四行で美しく、まるでピアニシモのように終わっていきます。

かなしさは空明から降り
黒い鳥の鋭く過ぎるころ
秋の鮎のさびの模様が
そらに白く数条わたる

これは鮎《あゆ》の頭のようなうっすりとした白い雲が空に数条わたっているという表現です。そしてこの詩以後、賢治の詩にはトシを思うことはいっさい出なくなります。この詩はトシへの思いに決着をつけるとともに、新たな地平に向かっていく賢治の記念すべき詩になったのです。

その新たな道とは「銀河鉄道の夜」に精魂込めてその中で人々の本当の幸いを探求する事であり、さらにはやがて進んで教職という賢治のいう安易な月給取りの生活を終わらせて本当に困窮している農民の中に入っていく、本当の百姓になるという決意と共に農村実践に入っていく、そういう新たな地平であったのです。

中原中也には有名な「汚れつちまった悲しみに……」という詩があります。この詩そのものからは悲しみが汚れっちまったという感じは伝わってはきませんけれど、おそらくそういう悲しみもあるということを詩人は感じたのでしょう。

汚れつちまつた悲しみに
今日も小雪の降りかかる
汚れつちまつた悲しみに
今日も風さへ吹きすぎる

（中略）

汚れつちまつた悲しみに
いたいたしくも怖気《おぢけ》づき
汚れつちまつた悲しみに
なすところもなく日は暮れる……

（『中原中也詩集』河上徹太郎編、角川文庫）

そういう悲しみも確かにありますが、多くの詩人は悲しみを美しくするようにうたったと思います。まさにこの「薤露青」は賢治が最愛の妹トシを失ったという悲しみを、美しく歌い上げた詩と言っていいでしょう。

賢治の生前編集して出版した唯一の童話集、イーハトヴ童話集『注文の多い料理店』に賢治自身が執筆した広告チラシがあります。そのチラシの中に「イーハトヴは一つの地名である……罪や、かなしみでさへそこでは聖くきれいにかゞやいてゐる」という一説があります。まさに悲しみでさえ聖くかがやくことができる、そういうイーハトブを理想とした賢治が織りなした賢治詩の傑作中の傑作と言っていいでしょう。

第九章　教え子たちへ
――これからの本当の勉強はねえ

一九二一年一二月、長い苦悩の旅立ちの助走を経て賢治は花巻に戻り、当時岩手県稗貫《ひえぬき》郡立稗貫農学校、後の県立花巻農学校の教師になりました。校長以下教員が数人という、木造瓦屋根の小さな校舎の学校です。

教師としての賢治「生徒諸君に寄せる」

この学校での教師生活は賢治にとって本当に楽しいものでした。後に賢治が母校の盛岡中学からの依頼で寄せた文章が残っています。「生徒諸君に寄せる」という断章ですが、この中でも賢治は、

この四ケ年が
　わたくしにどんなに楽しかったか
わたくしは毎日を
　鳥のやうに教室でうたってくらした
誓って云ふが
　わたくしはこの仕事で
　疲れをおぼえたことはない

と書いています。

　子どもたちと一緒に睦まじく農場や花巻近郊の自然の中で、あるいは教室で子どもたちを教え、子どもたちと共に学び、さらには子どもたちに「飢餓陣営」「バナナン大将」などといった演劇を上演させたり、子どもたちのために様々な場面で歌う応援歌や田植えうた、あるいは精神歌などを作ったりと、まさに教師宮沢賢治先生でした。

　甲子園の高校野球は勝ったチームを称えて校歌が歌われます。いずれも味わいのあるいい校歌ですが、もし花巻農学校の精神歌が甲子園で歌われたら、おそらく全国の視聴者はそのすばらしさに感動するのではないでしょうか。精神歌は次のような歌です。

日ハ君臨シカガヤキハ
白金ノアメソソギタリ
ワレラハ黒キツチニ俯シ
マコトノクサノタネマケリ

日ハ君臨シ穹窿ニ
ミナギリワタス青ビカリ
ヒカリノアセヲ感ズレバ
気圏ノキハミ隈モナシ

日ハ君臨シ玻璃ノマド
清澄ニシテ寂カナリ
サアレマコトヲ索メテハ
白堊ノ霧モアビヌベシ

日ハ君臨シカガヤキノ
太陽系ハマヒルナリ
ケハシキタビノナカニシテ
ワレラヒカリノミチヲフム

光への道を探そうとしている子どもたちを、どんなに励ました歌になったことでしょう。賢治の教育実践についてはたくさんの子どもたちが回想を寄せていますが、賢治が書いた三つの話の中にもその実践の跡が描かれています。

一つは「台川」。台川というのは花巻温泉の方から流れてきて北上川にそそぐ川のことです。生徒たちを連れて、この台川の釜淵《かまぶち》の滝のあたりまで岩石や地質や植生等々の実習に行った時の姿が生き生きと描かれています。そのフィールドワークのおしまい頃になって、一人の生徒が川の深みに入ってずぶぬれになってしまいます。その生徒があがってきて賢治先生にいいます。「先生。河童《かっぱ》取りあんすた」。みんなは大笑いします。睦まじい生徒と先生たちの姿が印象的ですね。

「イーハトーボ農学校の春」。これも実にほほえましい教師と生徒の交流物語です。春のある日、下の実習農園の麦畑に下肥《しもごえ》をまきに行きます。もう肥溜めには肥えがビールのような泡を立ててたまっています。そして背の高さが同じくらいの二人ずつが一つの肥え桶《おけ》をかついで坂を下りて下の畑へ下肥をまきに行く、それだけの物語です。いざ出発というときに賢治先生は言います。「向こうの道は急ですから女学校の裏をまわっていきましょう」。何気ない一言ですが実に心温まる一言です。

花巻高等女学校きっての才媛《さいえん》たちが集まっているその横を、農学生たちが肥え桶をかついで行く、その姿を想像しただけでも何か教育の原点のようなものを感じさせる物語です。

「イギリス海岸」。ここには賢治の生徒を思う思いやりの気持ちが、イギリス海岸という命名の由来をとおして述べられています。「市内の小学校や女学校などは三陸海岸にも行かれるのにここの学校の生徒は行かれない。そこで私はここをどうしても海岸と名付けたかったのです」と。

ちょうど地層がイギリスのドーバー海峡に似ているのでイギリス海岸と名をつけました。さまざまな水の流れによる地形の変化、地質と水が織りなすさまざまな物理や化学の現象。たとえばここに「リーゼガングの環」というのが出てきます。水たまりの所に木の根っこを周りにして幾層もの赤い岩ができる現象で、一種の電気化学現象だそうです。

そして終わりのほうで、子どもたちが退屈して泳ぎだすのではないかと思った賢治先生が、心配になってその場所に行くと「なんの心配もありませんでした。生徒より先に、校長先生がもう先に飛び込んでゆっくり泳いでいたのですから」という話が出てきます。管理的、抑圧的ではなく、子どもたちと一緒に睦まじく時を過ごす校長の楽しい姿です。

賢治先生のあだ名はいくつかありましたが、その一つは「実際問題」というあだ名でした。おそらく賢治の口癖だったのでしょう。「これは実際問題だからしっかりやるんですよ」と。実際問題というのは、その勉強が絵空事の勉強ではないということです。

思い起こすのは一九四七年に制定された旧教育基本法の第二条のことです。そこには教育の指針として四つの指針が立てられています。

学問の自由を尊重し、実際生活に即し、自発的精神を養い、自他の敬愛と協力によって教育は営まれるべきものだと。この四つの指針がそっくり体現されているのが賢治先生の教育ではなかったろうかと、私は思います。今の教育の現状の中で、私はあらためて賢治先生の教育を思い起こしてみる必要があると思っています。

賢治はまた、前にも述べたようにあらゆる生命をいとおしむという生命観を根本にして、子どもたちに対してもどんなものに対しても、値打ちのないもの、ダメなものはいないという人間観・教育観を持った先生でした。「セロ弾きのゴーシュ」「虔十《けんじゅ》公園林」「気のいい火山弾」などの童話は、そうした人間観をもとに書かれた素晴らしい童話です。

それでは賢治先生が生徒たちに寄せた詩の幾つかをあげてみましょう。

一つは先ほどもちょっとふれた盛岡中学からの求めで書いた「生徒諸君に寄せる」という断章です。

生徒諸君に寄せる

〔断章四〕

諸君よ　紺いろの地平線が膨らみ高まるときに
諸君はその中に没することを欲するか
じつに諸君はその地平線に於る
あらゆる形の山岳でなければならぬ

〔断章五〕

〔前略〕
諸君はこの時代に強ひられ率ゐられて
奴隷のやうに忍従することを欲するか
むしろ諸君よ　更にあらたな正しい時代をつくれ
宙宇は絶えずわれらに依って変化する
潮汐や風、
あらゆる自然の力を用ゐ尽すことから一足進んで
諸君は新たな自然を形成するのに努めねばならぬ

〔断章六〕
新らしい時代のコペルニクスよ
余りに重苦しい重力の法則から
この銀河系統を解き放て

新らしい時代のダーウヰンよ
更に東洋風静観のキャレンヂャーに載って

銀河系空間の外にも至って
更にも透明に深く正しい地史と
増訂された生物学をわれらに示せ
（後略）

〔断章七〕

新たな詩人よ
嵐から雲から光から
新たな透明なエネルギーを得て
人と地球にとるべき形を暗示せよ

新たな時代のマルクスよ
これらの盲目な衝動から動く世界を
素晴しく美しい構成に変へよ

諸君はこの颯爽たる

諸君の未来圏から吹いて来る
透明な清潔な風を感じないのか

一人ひとりが輝く値打ちを持っている、自分を輝かすことによって人類に貢献できる価値がある個人だという考え、そして地球や社会や人類に対する限りない信頼と希望、こういったものは失われてはならない教育の原点だと。教育は子どもたちに寄せる愛と希望なしには成り立つものではない。さらには人間人類に対する信頼なしには教育は教育として成り立たない。そのことを賢治はこの中で語っています。

本当の勉強とは

賢治の教え子たちに寄せる心が本当に素晴らしく写し出された名詩「稲作挿話」を読んでみましょう。

この詩は賢治が編集した「春と修羅　第三集」に「あすこの田はねえ」というタイトルで収録されています。「稲作挿話」というタイトルで生前、雑誌に掲載され発表された詩でもあります。この二つはやや違う原稿で、その他にもいくつかの異稿があります。したがって、ここでは「あすこの田はねえ　稲作挿話」というタイトルにして読んでみましょう。

一〇八二 〔あすこの田はねえ〕

一九二七、七、一〇、

あすこの田はねえ
あの種類では窒素があんまり多過ぎるから
もうきつぱりと灌水《みづ》を切つてね
三番除草はしないんだ
……一しんに畔を走つて来て
青田のなかに汗拭くその子……
燐酸がまだ残つてゐない?
みんな使つた?
それではもしもこの天候が
これから五日続いたら
あの枝垂れ葉をねえ
斯ういふ風な枝垂れ葉をねえ
むしつてとつてしまふんだ

　……せはしくうなづき汗拭くその子
　冬講習に来たときは
　一年はたらいたあととは云へ
　まだかゞやかな苹果のわらひをもってゐた
　いまはもう日と汗に焼け
　幾夜の不眠にやつれてゐる……
それからい丶かい
今月末にあの稲が
君の胸より延びたらねえ
ちゃうどシャッツの上のぼたんを定規にしてねえ
葉尖を刈ってしまふんだ
　……汗だけでない
　泪も拭いてゐるんだな……
君が自分でかんがへた
あの田もすっかり見て来たよ
陸羽一三二号のはうね
あれはずゐぶん上手に行った

肥えも少しもむらがないし
いかにも強く育ってゐる
硫安だってきみが自分で播いたらう
みんながいろいろ云ふだらうが
あっちは少しも心配ない
反当三石二斗なら
もうきまったと云ってい丶
しっかりやるんだよ
これからの本当の勉強はねえ
テニスをしながら商売の先生から
義理で教はることでないんだ
きみのやうにさ
吹雪やわづかの仕事のひまで
泣きながら
からだに刻んで行く勉強が
まもなくぐんぐん強い芽を噴いて
どこまでのびるかわからない

それがこれからのあたらしい学問のはじまりなんだ
ではさやうなら
……雲からも風からも
透明な力が
そのこどもに
うつれ……

ここでいっている「陸羽一三二号」というのは、冷害に苦しむ東北農村で研究者や農民たちの努力で開発された偉大な耐冷品種陸羽一三二号のことです。今はほとんど栽培されませんが、当時大正期から昭和三〇年代くらいまで東北の農村で冷害に強い品種として大きな力を発揮しました。

この詩の最大のテーマはいうまでもなく「これからの本当の勉強はねえ」ということです。「テニスをしながら」というのは、当時いかにも都会風の贅沢な一部の者のスポーツであったものをいったのでしょう。もちろんテニス部に入って悪いということではありません。ただ勉強は「義務で教わることではないのだ」と。自らの必要から「吹雪やわずかの仕事のひまで」「からだに刻んでいく勉強が」本当の勉強なのだと。そして、そういう勉強こそが強い芽を噴いてどこまで伸びるかわからない勉強なのだと言っているわけです。

「本当の勉強」。この言葉ほど、今の教育の現実に厳しく突き刺さる言葉はないのではないでしょうか。子どもたちの勉強が、テストのための勉強になっている。学校ぐるみあるいは自治体ぐるみ、県ぐるみで全国一斉学力テストの平均点をあげるような勉強にさせられている。子どもたちは何のためにやらされているのかわからない。意味がない過去の問題の繰り返し練習や、点数をあげるためだけのドリル、そういったもので勉強が嫌いになっていく。

それに対して、子どもたちの体に食い込んでいくような本当の勉強、子どもたちが「ああ、いいことを勉強した。これで僕はちょっと大きくなって、僕の世界が広がった。だから、このことをもっと調べてみよう」というように発展していく、そういう勉強をどうつくってゆけばいいのか。そういう勉強が生きるためには、もっと根本的に子どもたちの生活の中にそういう勉強を必要としている生活そのものがあるかどうかまで考えながら、「本当の勉強」ということを座標軸として、教育を取り戻していく努力が必要なのではないでしょうか。

私は五年半ほど看護学校の校長をしていましたが、看護学校の学生たちは否《いや》でも応でも本当の勉強をさせられています。患者さんと向き合って患者さんの心を読み、患者さんの願いを聞きながら、体位変換、排泄介助、食事介助、吸痰、清拭、マッサージなどありとあらゆることを勉強しなければ、患者さんの願いに寄り添う看護師にはなれません。

多くの若者がまさに泣きながら、そして自分の至らなさや不十分さに本当に消え入るような思いをしながら一つひとつ身につけていく勉強。私は看護学校の中で本当の勉強というものを見たような気がします。

こういう勉強、泣くだけでなく笑いながら、そして喜び合いながら子ども達みんなが学んでいけるような、そういう学校にするにはどうしたらいいのでしょうか、そのことを「本当の勉強」という言葉を座標軸にして考えなければならないのではないか、と私は思っています。

新たな道へ踏み出す「告別」

しかし、賢治先生の豊かな教育は、次第に強まっていく教育統制の中で次第に自由のきかないものになっていきました。前にもふれましたが、それに重なって賢治の心の中には安易な給料取りでいていいのか、農民たちから怨《うら》まれ妬《ねた》まれる町の人でいていいのか、自分がかつて保阪嘉内と共に誓った本当の幸いの探求はこれでいいのかという思いの中で、次第に新たな道を踏み出していく気持ちを固めていきます。

そして一九二五年の一月に賢治は自分自身の転機の時にいつもやるように何日間かの旅に出ます。三陸海岸を陸路であるいは船で、厳しい冬を歩きとおした冬の旅でした。その旅の中で自分を見つめ、新たな道への探求を始めた賢治は、その年の夏頃には、本当の百姓になるために農民の中に飛び込むという気持ちから教師をやめる決意を固めていきます。

その頃に賢治は、教師であった私にはよくわかる「九月」という詩を書いています。

三七七　九月

一九二五、九、七、

キャベジとケールの校圃《はたけ》を抜けて
アカシヤの青い火のとこを通り
燕の群が鰯みたいに飛びちがふのにおどろいて
風に帽子をぎしゃんとやられ
あわてて東の山地の縞をふりかへり
どてを向ふへ跳びおりて
試験の稲にたゝずめば
ばったが飛んでばったが跳んで
もう水いろの乳熟すぎ
テープを出してこの半旬の伸びをとれば
稲の脚からがさがさ青い紡錘形を穂先まで
四《ヨン》尺二寸三分を手帳がぱたぱた云ひ
書いてしまへば

あとは
Fox tail grass の緑金の穂と
何でももうぐらぐらゆれるすすきだい
……西の山では雨もふれば
ぼうと濁った陽もそゝぐ……
それから風がまた吹くと
白いシャツもダイナモになるぞ
……高いとこでは風のフラッシュ
燕がみんな灰になるぞ……
北は丘越す電線や
汽笛の cork screw かね
Fortuny 式の証明かね
……そらをうつした潦《みづたまり》……
誰か二鐘をかんかん鳴らす
二階の廊下を生徒の走る音もする
けふはキャベヂの中耕をやる
鍬が一梃こはれてゐた

なんとなく学校をやめたくないという未練を感じませんか。学校では生徒ががさがさ騒いでいたり、鐘がかんかん鳴ったり、そして調べてみたら実習の鍬が一梃壊れていたり。学校にはよく壊れているものがあります。この詩から、学校という特別な雰囲気に対するなつかしさや、そういう学校をやめるのかなという未練といったものを感じることができるように思うのは私だけでしょうか。

そして賢治は、学校をやめる決心を伝えた「告別」という詩を書いています。

三八四　告　別

一九二五、一〇、二五、

おまへのバスの三連音が
どんなぐあひに鳴ってゐたかを
おそらくおまへはわかってゐまい
その純朴さ希みに充ちたたのしさは
ほとんどおれを草葉のやうに顫はせた
もしもおまへがそれらの音の特性や

立派な無数の順列を
はっきり知って自由にいつでも使へるならば
おまへは辛くてそしてかゞやく天の仕事もするだらう
泰西著名の楽人たちが
幼齢弦や鍵器をとって
すでに一家をなしたがやうに
おまへはそのころ
この国にある皮革の鼓器と
竹でつくった管《くわん》とをとった
けれどもいまごろちゃうどおまへの年ごろで
おまへの素質と力をもってゐるものは
町と村との一万人のなかになら
おそらく五人はあるだらう
それらのひとのどの人もまたどのひとも
五年のあひだにそれを大抵無くすのだ
生活のためにけづられたり
自分でそれをなくすのだ

すべての才や力や材といふものは
ひとにとゞまるものでない
ひとさへひとにとゞまらぬ
云はなかったが、
おれは四月はもう学校に居ないのだ
恐らく暗くけはしいみちをあるくだらう
そのあとでおまへのいまのちからがにぶり
きれいな音の正しい調子とその明るさを失って
ふたたび回復できないならば
おれはおまへをもう見ない
なぜならおれは
すこしぐらゐの仕事ができて
そいつに腰をかけてるやうな
そんな多数をいちばんいやにおもふのだ
もしもおまへが
よくきいてくれ
ひとりのやさしい娘をおもふやうになるそのとき

おまへに無数の影と光の像があらはれる
おまへはそれを音にするのだ
みんなが町で暮したり
一日あそんでゐるときに
おまへはひとりであの石原の草を刈る
そのさびしさでおまへは音をつくるのだ
多くの侮辱や窮乏の
それらを噛んで歌ふのだ
もしも楽器がなかったら
いゝかおまへはおれの弟子なのだ
ちからのかぎり
そらいっぱいの
光でできたパイプオルガンを弾くがいゝ

四月にはもう学校にはいないという決意を述べて、子どもたちに対する限りない期待を寄せています。これはその頃強まりかけていた忠君愛国の教育や、天皇制軍国主義の教育とは全く違う教育者の心が現れている詩だと思います。

最後の「い、かおまへはおれの弟子なのだ」という言葉の中に子どもたちや若者に寄せる限りない信頼や期待が込められているし、「ちからのかぎり／そらいっぱいの／光でできたパイプオルガンを弾くがい、」という素敵な表現で結ばれています。

「光でできた空いっぱいのパイプオルガン」というのは、よく雨の後など太陽の光がその存在を浮かび上がらせるように帯状の放射線になって広がっている現象を言います。光線が大気の中の細かい水滴に反射して起こる現象ですが、それを「光でできた空いっぱいのパイプオルガン」だと。素晴らしい表現ですね。そして賢治はやがて新しい地平に、農民と共に生きる生活に飛び込んでいくのです。

あとがき

著者である三上満は二〇一五年八月二一日、食道がんのため死去した。翌日は本書の第十章に当たる口述が予定されていた。夜になって容体が急変した際、救急車を呼ぶことに強く抵抗したのは、入院すれば今度こそ戻れないことを自分自身が一番よく知っていたからだろう。「明日の口述だけは、なんとしてもやり遂げたい」との思いが、緊急治療さえためらわせたのである。最後は家族の説得もあり本人の判断で救急車を手配することになったが、著者はそのまま帰らぬ人となった。

まさに精魂を傾けた原稿は未完に終わってしまったが、幸いにも著者が構想した内容の大方は口述を済ませ、草稿の形で残されていた。その後の作業を息子である三上直行が引き継ぎ、多くの方々のご協力を得て、こうして本書を刊行することができたのは遺族一同の大きな喜びである。

著者については、本書の巻末にある略歴をご覧いただければと思う。教育者として生き、労働組合活動に情熱を燃やし、いくつかの教育書を著した。賢治との出会いは高校時代。大学の卒業論文のテーマに選んで以来、宮沢賢治の研究をライフワークとしてきた。「現代の教育にとってこそ賢治が必要だ」との信念から、賢治に関する著書も出版。その中の一冊である『明日《あした》への銀河鉄道──わが心の宮沢賢治』（新日本出版社、二〇〇二年）は、二〇〇三年に第十八回岩手日報文学賞・賢治賞を受賞した。「念願の賞を取ることができて、こんなに幸せなことはない」と満面の笑みを浮かべて喜んでいた著者の姿が忘れられない。表彰状と正賞のブロンズ像は、自宅のリビングの一番目立つ場所に今も飾ってある。

本書が刊行されるまでの経緯について、あらためて述べておきたい。

著者の食道がんが発覚したのは、二〇一四年七月。国立がん研究センター・東病院で放射線治療と化学療法を行ったものの治療効果がなく、一五年初めには緩和ケアに移行した。数は極端に減らしながらも、講演などの仕事は続けていった。その間、東京勤労者医療会・東葛病院および勤医会東葛看護専門学校の方々には医療、ケア、そして精神面でのサポートで多大なるご尽力をいただいた。本書の第九章でも触れられているが、著者は東葛看護専門学校の校長を二〇〇〇年から二〇〇五年まで務めた。労働組合の役員を長らく務めたあと久しぶりの教育現場への復帰であり、本人にとっては非常に充実した、楽しい時間であったと思う。自宅からの通院には時間がかかったものの「最後は東葛にお世話になりたい」というのが本人の強い希望であった。

余命がそれほど長くはないと自覚したとき、「これだけは書いておきたい」と本書の執筆を決意する。すでに賢治関連の書籍をいくつか出してきた著者が、最後に選んだテーマは賢治の詩だった。「注文の多い料理店」「銀河鉄道の夜」「セロ弾きのゴーシュ」など賢治の童話は親しみやすく、多くの愛読者を持っている。一方、その詩は難解と言われ、敬遠されがち。せいぜい「雨ニモマケズ」の詩が人口に膾炙《かいしゃ》するくらいだ。「でも、賢治の詩はけっして難しくない。扉を少し開けてみれば、そこには豊かな世界が待っている」。それを少しでも多くの人に知ってもらいたい、賢治の詩をもっと読んでほしいというのが、著者の願いだった。

病気の影響から自らの手で原稿を書くことが難しくなったため、今回は口述の形をとった。筆記は著者の友人であり旅仲間である水野るり子さんと、著者の妹である土志田栄子が担当した。二人の協力がなければ本書は成り立たなかったといっても過言ではない。口述は二〇一五年五月二二日（第一章、第二章、第三章）、七月二〇日（第四章）、八月一日（第七章）、八日（第八章）、一五日（第九章）と五回行われた。第五章、第六章については、宮沢賢治に関する企画旅行や講座でお世話になっていた株式会社たびせん・つなぐと、ムジカ音楽・教育・文化研究所の共催による宮沢賢治講座の内容に手を入れるという本人の意向があり、口述を省略。該当する講義内容のとりまとめも水野、土志田の両氏が行った。

当初の構成案によれば本書は十三章からなる予定であったが、口述が進む中で若干の変更が加えられた。実現しなかった六回目の口述のために準備した本人のメモによれば、第十章は「みんなのところをまわっていこう――ほんとうの百姓になる」という題で、県立花巻農学校を辞め、羅須地人協会を設立、稲作指導や肥料設計にも乗り出していく時期の賢治、およびその詩について取り上げるつもりだったようだ。詩については「春」「開墾」「これらは素樸なアイヌ風の木柵であります」「基督再臨」「野の師父」「それでは計算いたしませう」「停留所にてスヰトンを喫す」「土も掘るだらう」「そのまっくらな巨きなものを」「黒つちからたつ」「澱った光の澱の底」などがメモに書き残されている。この十章までで、本人が思い描いていた内容がほぼ網羅されるはずだったと思われる。「もう少し長生きしてくれたら」と残念でならない。

葬儀、納骨が済み、遺族の気持ちも落ち着いた二〇一六年の年明け、著者が生前お世話になった新日本出版社編集部の久野通広氏にご相談に伺った。久野氏によれば前年の五月のある日、著者から突然「そちらに今から行きたいが時間がありますか」と電話がかかってきたという。会ってみると、本書の話だったそうだ。新日本出版社からは今回の出版についてご快諾をいただき、著者の最後の願いが実現することとなった。

口述筆記のうち第一章から第四章、および第七章、第八章については著者本人が目を通して加筆を行っている。残りの部分を含めた最終的な原稿の手直し、校正については直行が担当した。著者が故人であること、作業を引き継いだ直行に賢治に関する知識が乏しいことから、口述筆記の修正は最小限にとどめている。また、本人が趣味で描いていたスケッチのうち数点を挿絵として掲載した。著者の作品の中では必ずしも出来の良いものではないが、本書にふさわしい賢治ゆかりの地のスケッチを選んだ結果である。引用されている詩歌や童謡、本文中の引用・参考文献については原典に当たって確認した。それ以外にも多くの先行研究を参考にしているはずだが、著者が明示していない文献までは追跡できなかった。本書に何か不備があるとすれば直行の力不足のためであり、読者および著者にお詫びしたい。

著者の狙い通り、本書を読んで賢治の詩がわかりやすく身近なものになったかどうかは読者の判断に任せるしかない。あえて一つだけ言うとすれば「やはり著者は教育者だった」ということだ。賢治の詩を語るときも、教育の現状が頭から離れない。特に、第九章「教え子たちへ――これからの本当の教育はねえ」には顕著だ。その意味で、本書は著者の教育者としてのラストメッセージでもあるのかもしれない。「いや違う。今回は本当に賢治の詩について書きたかったのだ」と著者は言い張るかもしれないが。

東京大学教授の小森陽一先生にはご多忙のところ「遺著に寄せて」をお書きいただいた。生前から親交のあった小森先生から素晴らしい文章を頂戴し、著者も喜んでいることと思う。

ここにすべてのお名前を挙げることはかなわないが、多くの方々に支えられて、著者は生涯をまっとうし、念願の賢治の詩に関する著書まで出版することができた。皆様、本当にありがとうございました。

最後に、私事にわたることをお許しいただきたい。著者の妻である三上明子は、がん発覚後の著者を献身的に支え続けた。日常生活の世話や病院への付き添いはもとより、地方講演にもほとんど同行した。もともと仲の良い夫婦であり、著者が生前、心置きなく仕事に打ち込むことができたのも明子のおかげである。これからも健康に留意して長生きしてほしい。同じ教育者の道に進んだ娘、玉木志乃は著者のよき話し相手となり、明子の大きな力となっている。二人には感謝するばかりである。これまでまったく役立たずの私としては、本書の刊行で最後に少し役割を果たせたのではないかと思っている。

子ども同士でよく話すのは、「私たちにとってはお酒好きで、いつも陽気に酔っ払っているお父さんだった」ということだ。いまごろは心置きなくお酒を飲み、興じれば賢治の詩や童話を暗唱したり、青春時代から好きだったドイツリートを声高らかに歌ったりしていることだろう。

著者の一周忌を前に

三上直行

三上　満（みかみ　みつる）

1932年東京生まれ。1955年東京大学教育学部卒業。東京都文京区立第一中学校、葛飾区立大道中学校教諭を経て都教組委員長、全教委員長、全労連議長、勤医会東葛看護専門学校校長、子どもの権利・教育・文化全国センター代表委員、全国革新懇代表世話人など歴任。2015年8月21日死去、享年83

2003年『明日《あした》への銀河鉄道――わが心の宮沢賢治』（新日本出版社）で第18回岩手日報文学賞・賢治賞受賞

著書に『いまほんとうの教育を求めて』『賢治の北斗七星――明日へのバトン』『野の教育者・宮沢賢治』『学校　ここにある希望』『輝け子どもたち』『かぎりなく愛しいもの』『思春期と非行問題』（新日本出版社）、『アベニモ負ケズハシモトニモ負ケズ：宮沢賢治教育への贈りもの』（フォーラム・A）、『賢治の旅　賢治への旅 』『いま、宮澤賢治の生き方に学ぶ』（本の泉社）、『歴史のリレーランナーたちへ』『現代っ子の教師論』『きみは青春をみたか』（労働旬報社）、『眠れぬ夜の教師のために』（大月書店）など多数

賢治《けんじ》　詩《し》の世界《せかい》へ

2016年8月5日　初　版
2017年1月20日　第3刷

著　者　三　上　　満
発行者　田　所　　稔

郵便番号　151-0051　東京都渋谷区千駄ヶ谷4-25-6
発行所　株式会社　新日本出版社
電話　03（3423）8402（営業）
03（3423）9323（編集）
www.shinnihon-net.co.jp
info@shinnihon-net.co.jp
振替番号 00130－0－13681
印刷・製本　光陽メディア

落丁・乱丁がありましたらおとりかえいたします。
© Naoyuki Mikami 2016
ISBN978-4-406-06050-9　C0095　Printed in Japan
Ⓡ〈日本複製権センター委託出版物〉
本書を無断で複写複製（コピー）することは、著作権法上の例外を除き、禁じられています。本書をコピーされる場合は、事前に日本複製権センター（03-3401-2382）の許諾を受けてください。